पवित्र कुरआन एक परिचय व उसके अनसुलझे रहस्य

अब्दुल वहीद

पवित्र क़ुरआन एक परिचय व उसके अनसुलझे रहस्य

An Introduction to the Holy Qur'an and it's unsolved mysteries

लेखक व संग्रहकर्ता-

अब्दुल वहीद

Abdul Waheed

INDIAN LIBRARY
BARABANKI
UTTAR PRADESH
INDIA

notionpress
.com

CERTIFICATE OF PUBLISHING

We're proud to present this certificate of publishing to

Abdul Waheed

for successfully publishing

AN INTRODUCTION TO THE HOLY QUR'AN AND ITS UNSOLVED MYSTERIES

on 29-10-2022

"A writer's life and work are not a gift to mankind; they're a necessity"~ Toni Morrison

समर्पण

यह पुस्तक मेरे मरहूम (स्वर्गीय) पिता हाजी उबैदुर्रहमान उर्फ मुन्ना और छोटा भाई अब्दुल हमीद की याद में समर्पित है अल्लाह ताला (ईश्वर) इनकी आत्मा को शांति दे,

आमीन.

विषय सूची

17	अपना व्यक्तिगत परिचय	122
18		
19		
20		

भूमिका

कुरआन (करीम)   एक पवित्र पुस्तक है जो कि अल्लाह (ईश्वर) का संदेश मानवता की भलाई के लिए अवतरित हुई है । यह वही कुरआन (Quran) का संदेश है जब संसार की अथवा मानव की उत्पत्ति हुई थी लेकिन समयानुसार प्रत्येक नबी पर अवतरित होती रही । नबी ने बड़ी ईमानदारी से अल्लाह के आदेशानुसार अल्लाह के संदेश को मानव तक पहुंचाते रहे लेकिन मानव अपने स्वार्थ के अनुसार पवित्र पुस्तक में कांट छांट करते रहे परिणामस्वरूप इंसान को असली (अल्लाह के संदेश) नहीं मिल पाते थे। तत्पश्चात अल्लाह भी अपने संदेश आने वाले नबियों को फरिश्ता (जिबराइल) के द्वारा बताते रहे इसके बावजूद भी अल्लाह की किताब (तौरैत , जबूर , इंजील और अन्य सहीफे) में परिवर्तन जारी रहा । तत्पश्चात आखरी नबी मोहम्मद स० पर अंतिम पुस्तक कुरान शरीफ (जो कि प्रतय तक विद्यमान रहने वाली) को मानव की भलाई के लिए भेजना (अवतरित करना) पड़ा । यही एक मात्र पुस्तक शेष है जो अभी तक (अर्थात 1429 साल बाद भी कोई कांट छांट करने का साहस न कर सका क्योंकि इस पवित्र पुस्तक की जिम्मेदारी खुद अल्लाह तआला (ईश्वर) ने ली है । कुरान (करीम) को परिचित कराने के लिए पुस्तकें हिन्दी में बहुत कम व अच्छी नहीं मिलेंगी इसलिए अल्लाह ताअला के फजलो करम से इस पुस्तक को लिखने का बीड़ा उठाया ।

वैसे यह काम बहुत नाजुक है इसलिए अगर कोई पुस्तक में गलती (मिस्टेक) मिलती है तो कृपया अतिशीघ्र अवगत कराये । जिससे पुस्तक की कमी को दूर किया जा सके ।

इस पुस्तक को मैं आदरणीय मौलाना मुस्तफा मदनी नदवी को दिखा चुका हूं और इसके अलावा भी अन्य मौलाना को चेक करवा चुका हूं, वह इस लेख से सहमत हैं ।

इस संस्करण में कुछ नए चित्र जोड़े गए हैं व कुछ बदले गए हैं ।

मेरी पहली पुस्तक (विश्व के प्रमुख धर्म मत व सम्प्रदाय) तथा दूसरी पुस्तक (जो आप के हाथ में) है ।

आपका- अब्दुल वहीद , बाराबंकी, यूपी, पिन- 225001 भारत,(इंडिया) ।

दिनांक- 04/09/2008 ईस्वी या (1428 हिजरी)

हम सब विश्वात्माओं की ओर से सम्पूर्ण विश्वात्माओं की आत्मा अर्थात अल्लाह ताला को शत शत नमन "

दिनांक - **1/10/2008** ..

अपने विचार

यह सच है कि आज धर्म का असली रूप बिगड़ा हुआ है । लेकिन फिर भी कुछ सत्यवादी लोग समय समय पर सुधार के रूप में धर्म के असली रूप को निखारने का प्रयत्न करते है । यह सच है कि हर कौम में पैग़म्बर या नबी अल्लाह ने भेजे लेकिन मात्र कुछ लोग ही नबी की बात का विश्वास करते थे । मनुष्य का अध्यात्मिक केन्द्र धर्म ही है इसलिए धर्म की मूल भूत बातों को अच्छी तरह समझकर उस पर अमल करना चाहिए । पैग़म्बर ने क्या कहा है क्यों कहा है , कब कहा , कैसे कहा किसके लिए कहा ? इन सब बातो की खोज करे । इंसान धर्म के बाहरी रूप (दिखावे) को देखकर या सुनकर उस पर अमल करने लगता है जबकि मनुष्य का कर्तव्य बनता है कि वह अपने धर्म की पवित्र पुस्तक को पढ़ें (या अनुवाद को) और अगर पढ़ा लिखा नहीं है तो मुफ्ती (फतवा देने वाले) आलिम से पूछ ताछ करें फिर संतुष्ट न होने पर उस बात को कुरआन या हदीस से सुबूत लें फिर दूसरे फिर्के के मुफ्ती को दिखाएं जब दोनों फिर्के के मुफ्ती की बातें कुरान और सहीह हदीस से मिल रही हो तो उस पर अमल करें । फिरकापरस्ती का विचार त्याग दे तथा अपने सही विवेक से लाभ उठायें । चूँकि धर्म आस्था या विश्वास पर आधारित है इसलिए यह हमेशा ध्यान रखना चाहिए कि पैग़म्बर का प्रत्येक आदेश और अमल और पवित्र पुस्तक का अनुसरण करना जरूरी है । पैग़म्बर की बातें या आदेश या अमल की पूजा करना चाहिए ना कि खुद पैगंबर की क्योंकि पैगंबर भी कहते हैं ईश्वर (अल्लाह) एक है उसी की पूजा करनी चाहिए और उसी से ही मदद मांगनी चाहिए । नहीं कहते पैगम्बर कि मेरी पूजा करो और न ही अल्लाह (मालिक) की पूजा के बदले में धन लेते है इसलिए न ही प्रार्थना (इबादत) से संबंधित कोई धन देना चाहिए | मालिक की इबादत निःशुल्क है । सर्वप्रथम मनुष्य का कर्तव्य बनता है कि वह शिक्षा ग्रहण करें वो भी अपने धर्म की पवित्र पुस्तकों का अध्ययन करना अत्यंत आवश्यक है । जिससे कि पता चले कि यह पवित्र पुस्तक मुझसे क्या चाहती है और प्राचीन वाक्यांश की असलियत क्या थी अगर कोई धर्म को नहीं मानता है या किसी पैग़म्बर पर विश्वास नहीं करता है तो इस प्रकार प्रत्येक महावलंबी की बातों पर गंभीर पूर्वक विचार करना चाहिए जिससे कि परिणाम शुद्ध निकले । जहां तक हो एक तो अपने धर्म की मूल पुस्तक का अनुवाद ही पढ़ें । इससे आज के दौर में कोई मुश्किल नहीं है क्योंकि इन्टरनेट की वेबसाइट से उसका अनुवाद पढ़ सकते हैं और पुस्तकालयों की सहायता भी ली जा सकती है । वैसे आज के समय में अच्छी पुस्तकों की कोई कमी नहीं है न ही मिलने की । क्योंकि नेट से ही मंगा सकते हैं । जहां तक हो सके तो धर्म के जन्म स्थान से सरकारी प्रकाशन से मंगाये या धार्मिक विश्वविश्यालय के प्रकाशन

केंद्र से ही मंगाए । मेरे जीवन में सबसे अच्छी पुस्तक दावत उल कुरान , लेखक शम्शपीर ज़ादा , मुंबई, की तफ्सीर है।
 चीज वही पढ़ना चाहिए जिसमें कोई मतभेद ना हो मेरे अपने विचार यही है । दिनांक- 23/9/2008

परिणाम

अल्लाह ने अपनी हक बात पहुंचाने के लिए अपने नेक सदाचारी बन्दो को हमेशा अपना संदेश देकर प्राचीन धर्म में सुधार का दायित्व निभाया है । समय समय पर जब धर्म के अन्दर असत्य बातें गढ़ ली जाती है या गलत रीति रिवाज का चलन हो जाता है , तो समय समय पर नेक बन्दे धर्म सुधार आन्दोलन (Reformation) चलाते हैं । इन सारी सुधारों की व्याख्या आपको कुरान शरीफ़ में मिल जायेगी फिर बाद में भी कई सुधार हुए जो कि अल्लाह की इच्छा से ही हुआ | इसलिए है कि प्रत्येक मनुष्य का कर्तव्य प्रत्येक धर्म के सुधार आन्दोलनों पर एक नजर जरूर डाले । सबसे अच्छा तो यह है कि वह खुद अपने ही धर्म के सुधार आन्दोलनो पर ध्यान दें । क्योंकि प्रत्येक धर्म की बुनियाद या उद्देश्य एक ही है।
 दिनांक- 1/10/2008
धन्यवाद
आपका- अब्दुल वहीद , बाराबंकी,उत्तर प्रदेश भारत (इंडिया) .

मुहम्मद का पहला रहस्योद्घाटन, सूरह अल-अलक, बाद में वर्तमान लेखन शैली में, कुरान के नियमों में 96वें स्थान पर रखा गया

पवित्र कुरआन एक परिचय

कुरआन का नाम फुरकान भी है । फुरकान का अर्थ है जो सत्य और असत्य में अन्तर करता हो । मुसलमानों के विश्वास के अनुसार कुरआन सब किताबों से श्रेष्ठ है और इसमें ऐसे नियम और आदेश पाए जाते हैं जो प्रत्येक काल देश और जाति के लिए पर्याप्त है । कुरआन का प्रत्येक शब्द सुरक्षित है इसलिए इसमें एक बिंदु का भी हेर फेर नहीं किया जा सकता । कुरआन मनुष्य की वाणी नहीं , यह अल्लाह का वचन है । यह अपौरुषेय है । यह अन्तिम धार्मिक कानून अथवा धर्मशास्त्र है । इसलिए पूर्वकालीन धार्मिक कानून निरस्त कर दिए गए हैं । इसके पश्चात कोई और आध्यात्मिक किताब अवतरित न होगी और न कोई अन्य धर्मशास्त्र प्रचलित होगा ।

(1) कुरआन का नामकरण तथा उसका अर्थ- ईश्वरीय ग्रन्थ कुरआन को अल किताब ' (एक मात्र ग्रंथ) , ' अलफुरकान (अर्थात सत्य और असत्य में भेद करने वाला) कलाम उल्लाह (ईश्वर का वचन) और अल नजील (ऊपर से अवतरित पुस्तक) भी कहते हैं । परन्तु इसका मूल नाम कुरआन है और यही नाम प्राय : प्रचलित है।

कुरआन का शब्दिक अर्थ है पढ़ना अथवा उच्च स्वर में सुनना । कुरआन शब्द इक्करा से बना है । इस शब्द का अर्थ है ' तू पढ़ । समस्त आयतें जो हजरत मो ० स ० पर समय समय पर अवतरित होती रही और जिन्हें पुस्तक के रूप में एकत्र कर लिया गया , कुरआन कहलाई । कुरआन का शुद्ध रूप से पढ़ना अनिवार्य है , इसलिए कुरान पढ़ने की विधि का अभ्यास करना पड़ता है । जो मुसलमान इसे शुद्ध उच्चारण से पढ़ सकते हैं और दूसरों को पढ़कर सुना सकते हैं , उन्हें कारी कहते हैं ।

(2) कुरआन का विवरण तथा अध्याय - अरबी में अध्याय को सूरा या सूरत कहते हैं । प्रत्येक सूरह अल्लाह के नाम से जो अत्यंत दयावान एवं कृपा शील है , के नाम से प्रारम्भ होता । केवल नौवा सूरा ही ऐसा है जिसके प्रारंभ में यह वाक्य अंकित नहीं है । प्रत्येक

अध्याय का एक विशेष नाम यह नाम कुरआन में कुल 114 अध्याय है (मंगलाचरण उस अध्याप के पदों में किसी विशेष घटना के नाम पर रखा गया है , या में किसी व्यक्ति , पशु या स्थान के नाम पर रखा गया है जिसका उल्लेख उस अध्याय में आता है । दूसरे अध्याय सूरह अल बकरा में अलिफ लाम मीम तीन वर्ण आए हैं इन वर्गों के अर्थ के संबंध में विभिन्न मत प्रस्तुत किये हैं । परन्तु आज भी हम यह निशिचत रूप से नहीं कह सकते कि इन तीन वर्गों का अर्थ क्या है ?

कुरआन की वर्णन शैली एवं भाषा- कुरआन अरषी भाषा में अवतरित हुआ है । इस्लाम से पूर्वकालीन बहुदेववादी काहिनियों की भाषा भी कुछ इसी प्रकार की थी । जिस भाषा का वे प्राय : उपयोग करते थे उसमें अनुप्रास होता था और उनके गद्म वाक्यों में पद्मयात्मकता झलकती थी । इस प्रकार के वाक्यों को किसी श्रेष्ट व्यक्ति की वाणी माना जाता था ।

हजरत मोहम्मद ने जब कुरआन के पदों को सुनाना आरम्भ किया तो कुछ व्यक्तियों ने आप पर यह आरोप लगाया कि वह काहिनों की भाषा जादुई भाषा का उपयोग कर रहे हैं । कुछ प्रारम्भिक अध्यायों के वाक्य छोटे छोटे है और अनुप्रास की छटा है । यह अनुप्रास गद्य को पद्म की श्रेणी तक पहुंचा देता है । परंतु अंतिम अध्यायों के वाक्य क्रमशः लम्बाई में बड़े होते गए और उसने भाषा की वह लोच तथा वर्णन शैली की सुन्दरला जो प्रारंभिक अध्यायो के वाक्यों में पाई जाती है , क्षीण होती गयी है । फिर भी कुल मिलाकर कुरान की भाषा में पद्म की सी ही प्रभाव शीलता है । कुरान को साधारणतः एक विशेष लय में पढ़ा जाता है । इस विशेष रूप में कुरान का पढ़ना एक कठिन कला है जिसे सीखने के लिए अभ्यास और परिश्रम की आवश्यकता है । कुरआन में पदों का क्रम उनके एतिहासिक अवतरण क्रम पर आधारित नहीं है इसलिए कुछ अध्यायों में पुराने और नए पदों का मिश्रण हो गया है । कुछ मक्की अध्याय के पद जो पहले अवतरित हुए थे मदनी अध्ययो अंत में जुड़े हुए हैं । फिर भी उसमें इतना अवश्य स्पष्ट कर दिया गया है कि अमुक अध्याय मक्की है या मदनी उसमें कितने पद हैं तथा अगर मक्की और मदनी पद मिले जुले हैं तो उनका भी उसमें उल्लेख कर दिया गया है।

कुरआन के बारे में मतभेद- सूरत 22 आयत 77 में शाफ़ई के नजदीक सज्द : है लेकिन अबू हनीका के नज़दीक नहीं है । सूरत 38 आपत 24 अबू हनीका के नज़दीक सज्दा है लेकिन शाफ़ई के नज़दीक नहीं है । बहरहाल दोनों आलिमो के नज़दीक सज्दों की तादाद कुल 14 ही है । सूरा अल- हज में मक्की ओर मदनी दौर की खूबियां मिली जुली पायी है । इसी वजह से तफसीर लिखने वालों में इस बात पर इख़्तिलाफ हुआ है कि यह मक्की (तफ्सीर माजिदी , लखनऊ किताब घर) है या मदनी (मूजिहुल कुरान , अनुवादक मोहम्मद फतेह मोहम्मद जालंधरी)

हजरत कतादा कहते हैं कि सूरा अत- तीन मदनी है हज़रत इब्ने अब्बास रजि अल्लाह ताला अनु से दो कथनों का उल्लेख मिलता है एक यह कि यह मदनी है लेकिन ज्यादातर उलेमा इसे मक्की ही करार देते हैं । सूरा अल कद्र के और मक्की और मदनी होने में मभेद है । हप्यान ने अल बहरून मुहीत में दावा किया है कि ज्यादातर उलेमा के वज़दीक यह

मदनी है । अली इब्ने अहमदुल वाहिदी अपनी टीका में कहते हैं कि यह पहली सूरा है जो मदीना मे उतरी । इसके विपरीत अलमावरदी कहते है कि ज्यादातर उलेमा के नज़दीक यह मक्की और यही बात इमाम सुयूती अतकान में लिखी है । इब्ने मईदिया ने इब्ने अब्बास इब्नुजुंबेर और हज़रत आयशा से यह कथन नक़ल किया है कि यह सूर मक्के में उतरी थी सूर अन बच्यिन के भी मक्की और मदनी होने में मतभेद है । कुछ टीकाकार कहते हैं कि ज़्यायतर उलेमा इसे मदनी मानते हैं । इब्नुज्जुबेर और असा इब्ने यसार का कथन है कि यह मदनी है । इब्ने अब्बास और कतादा के दो कथन बताए जाते हैं । एक यह है कि यह मक्की है , दूसर यह कि यह मदनी है । हजरत आपशा (रजि०) इसे मक्की करार देती है । अबू हय्यान और अब्दुल मुनीम करस इसके मक्की होने ही को प्रधानता देते हैं । सूरा अज़ जिलजाल के मक्की और मदनी होने में मतभेद है इब्ने मसूद अता जाबिर और मुजाहिद कहते हैं कि यह मक्की है और इब्ने अब्बास से भी दूसरा कथन इसके मदनी होने के पक्ष में नकल किया जाता है । सूर अल आदियाल के मक्की और मदनी होने में मतभेद है । हज़रत अब्दुल्लाह इब्ने मसऊद , जाबिर ह बसरी इक्रिया और अता कहते हैं कि यह अनस इब्ने मालिक और कतादा कहते हैं कि यह मदनी है । अबू हय्यान और शौकानी कहते है कि सूरा अत तकासुर तमाम टीकाकारों के नज़दीक मक्की है और इमाम सुयूती का कथन है कि सबसे प्रसिद्ध बात यही कि यह मक्की है , लेकिन कुछ कथन ऐसे हैं जिनके आधार पर इसे मदनी कहा गया है । यद्यपि मुजाहिद कतादा और मुकातिल ने सूरा अलअस्र को मदनी कहा है लेकिन टीकाकारों की भारी संख्या इसे मक्की ही कहती है । यद्यपि जुहहाक और कलबी ने सूरह कुरेश को मदनी कहा है लेकिन टीकाकारों की भारी संख्या इसके मक्की होने पर सहमत है । इब्ने मईमा ने इब्ने अब्बास और इब्नुज्जुबेर (रजि०) के कथन का उल्लेख किया है कि सूरा अल माऊन मक्की है और यही कथन अता और जाविर का भी है । लेकिन अबू हय्यान ने (अल बहरूल मुहीत) मे इब्ने अब्बास कतादा और जहहाक के इस कथन का उल्लेख किया है कि यह मदीना मे उतरी है । इब्ने मईया ने हजरत अब्दुल्लाह इब्ने अब्बास (रजि०) हजरत अब्दुल्लाह इब्ने जुबेर और हजरत आयशा (रजि०) से नकल किया है कि यह सुरह अल कोसर मक्की हैं है कलबी और मुकातिल भी इसे मक्की कहते हैं । और अधिकांश टीकाएँ का कथन भी यही है , लेकिन हजरत हसन बसरी , इकिरया , मुजाहिद और कतादा इसको मदनी कहते हैं । इमाम सुयूती ने इतका में इसी कथन को सही ठहराया है और इमान नबवी ने मुस्लिम की टीका में इसी को प्रधानता दी है । हजरत अब्दुल्लाह इब्ने मसूद हजरत हसन बसरी ओर इक्रिया कहते हैं कि सूर अल काफ़िरून मक्की है । हजरत अब्दुल्लाह इब्ने जुबेर कहते हैं , यह मदनी और हज़रत अब्दुल्लाह इब्ने अब्बास और कतादा से दो कथन किये गये हैं एक यह कि यह मक्की है दूसरा यह कि मदनी है , लेकिन अधिकांश टीकाकारों के नज़दीक यह सूरा मक्की है । सूरा अल इखलास के मक्की और मदनी होने में मतभेद है । हजरत हसन बसरी इक्रिया अता और जाबिर इब्ने यज़ीद कहते हैं कि सूर मुअविव्जतेन (अल फलक और अन् नास) मक्की है । हजरत अब्दुल्लाह इब्ने अब्बास (रजि .

) से भी एक कथन यही है । मगर उनका दूसरा कथन यह भी है कि ये मदनी हैं और यही कथन हजरत अब्दुल्लाह इब्ने जुबेर और कतादा का भी है ।

कुरआन की वह आपत कौन सी है , जो हुजूर पर सबसे आखिर में उतरी ? बुखारी व मुस्लिम में हज़रत बराअ इब्ने आजिव का यह है वह सूरा निसा की आखरी आपत , यस्तफतूनका कुलिल्लाहो मुक्तीकुम फ़िल्कलात है । इमाम बुखारी ने इब्ने अब्बास के कथन का उल्लेख किया है कि आपते रिबा अर्थात् जिस आपत में प्याज के हराम किये जाने का हुकम दिया गया है कुरान की सबसे आखिरी आयत है हजरत उमर का कथन यह है कि यह सब से अन्त में उतरने वाली आयतो में से है । अबू उबैद ने फजाइलुल कुरान में इमाम जुहरी का और इब्ने जरीर ने अपनी के टीका में हजरत सैईद इब्नुल्युसय्यिब का कथन नकल किया है कि आपते रिबा आयते देन (अर्थात सूर बकरा , रूकूअ 38,39) कुरान में उतरने वाली अपने आखिरी आयत है । नसई , इब्नेमईया और इब्नेजरीर के हज़रत अब्दुल्लाह इब्न अब्बास (रजि ०) का एक दूसरा कथन यह नकल किया है । कि वतकू मौमन तुर्जुअना फीके ' (अल बकर : 281) कुरआन की आखिरी आयत है । इमाम अहमद की मुस्नद और इमाम हाकिम की अल मुस्तदरक में हजरत उबाई इब्ने का कथन यह है कि सूरह तौबा की आयतें 128 129 सबसे आखिर में उतरी है कुरान प्रबोध मौलाना मौदूदी , सबसे आखिर में उतरी है । (कुरआन प्रबोध , मो ० मौदूदी) सूरा मुजम्मिल के दो रूकूअ को अलग जमानों में नाजिल हुए हैं । पहला रूकूअ सब के नजदीक मक्की है । दूसरे रूकूअ के बारे में मतभेद हैं । कुछ लोग मक्की और मदनी कहते हैं.

Bibliography

1- भारत में इस्लामी शिक्षा के केन्द्र, प्रकाशन विभाग , जियाउद्दीन देसाई , अनु अख्तरुल वासे 1984

2- पवित्र कुरआन , मौलाना मुहम्मद फारूक खां , डॉ मु . अहमद

3- इस्लाम एक परिचय, लेखक- साम . व्ही . भजन , बैंजामिन खान ,

4- अरब एक संक्षिप्त इतिहास, लेखक– फिलिप के हिट्टी , अनु ॰ एन शिकेव नदवी, वी नरायण

5. The New Encyclopedia Bntamica (9) , 1988 , Printed in USA First Edition 1768

6- The webster Family Excyclopedia .

कुरआन

कुरआन

18वीं सदी के अंत से 19वीं सदी की शुरुआत में स्याही, सोना और लैपिस की विशेषता वाले प्रबुद्ध पांडुलिपि पृष्ठों वाला कुरान।

कुरान, (अरबी: "पाठ") इस्लाम का पवित्र धर्मग्रंथ। पारंपरिक इस्लामी मान्यता के अनुसार, कुरान को पश्चिम अरब के मक्का और मदीना में पैगंबर मुहम्मद को देवदूत गेब्रियल द्वारा 610 में शुरू किया गया था और 632 ईस्वी में मुहम्मद की मृत्यु के साथ समाप्त किया गया था। कुरान शब्द, जो पहले से ही इस्लामी धर्मग्रंथ में मौजूद है (उदाहरण के लिए, 9:111 और 75:17-18), क्रिया काराज़ा से लिया गया है - "पढ़ना," "पढ़ना" - लेकिन शायद इसका कुछ संबंध भी है सीरियाक कैरयाना के साथ, "पढ़ना", जिसका उपयोग चर्च सेवाओं के दौरान धर्मग्रंथों को पढ़ने के लिए किया जाता है। कुरान में उल्लिखित सामान्य दृष्टिकोण के अनुसार, शास्त्रीय अरबी के प्रारंभिक रूप में रचित कुरान संग्रह को पारंपरिक रूप से भगवान के भाषण की एक शाब्दिक प्रतिलिपि माना जाता है और एक अनिर्मित और शाश्वत स्वर्गीय मूल के सांसारिक पुनरुत्पादन का गठन किया जाता है। "अच्छी तरह से संरक्षित गोली" (अल-लॉ अल-महफ़ू; कुरान 85:22)।

अरबी: "पाठ"

कुरआन
मुस्लिम लड़की कुरान पढ़ रही है।

कुरान न्यू टेस्टामेंट से भी काफी छोटा है, हिब्रू बाइबिल की तो बात ही छोड़ दें। इसे 114 अध्याय जैसी इकाइयों में विभाजित किया गया है जिन्हें "सूरह" कहा जाता है, यह शब्द कुरान के भीतर एक अनिर्दिष्ट लंबाई के रहस्योद्घाटन मार्ग को नामित करने के लिए उपयोग किया जाता है (उदाहरण के लिए, 9:64)। पांच दैनिक इस्लामी प्रार्थनाओं में से प्रत्येक के दौरान पढ़े जाने वाले छोटे प्रारंभिक सूरह के अपवाद के साथ, सूरह को लगभग घटती लंबाई के अनुसार क्रमबद्ध किया जाता है, हालांकि यह सामान्य नियम अक्सर बाधित होता है। दूसरा सूरा अब तक का सबसे लंबा सूरा है। सभी सूरह पारंपरिक रूप से नामों से जाने जाते हैं - उनमें से कई एक से अधिक नामों से जाने जाते हैं - जो पैगंबर की मृत्यु के बाद ही उभरे प्रतीत होते हैं। सूरह नाम आमतौर पर संबंधित पाठ में कुछ विशिष्ट शब्द से लिए जाते हैं, जैसे "द काउ" (दूसरा) या "द पोएट्स" (26वां), हालांकि वे आवश्यक रूप से किसी पाठ के मुख्य विषय की पहचान नहीं करते हैं। प्रत्येक सूरह, नौवें को छोड़कर, तथाकथित बासमलाह से पहले आता है, सूत्रबद्ध आह्वान "ईश्वर के नाम पर, दयालु, दयालु।" कई सूरह (उदाहरण के लिए, दूसरा) अलग-अलग अरबी अक्षरों द्वारा खोले जाते हैं, जिनका अर्थ अभी तक संतोषजनक ढंग से समझाया नहीं गया है।

आंतरिक रूप से, सूरह को आयत (एकवचन अयाह) नामक छंदों में विभाजित किया गया है, एक शब्द जिसका शाब्दिक अर्थ "संकेत" है और इसका उपयोग कुरान में भगवान की शक्ति और अनुग्रह की अभिव्यक्तियों को निर्दिष्ट करने के लिए भी किया जाता है, जैसे कि प्राकृतिक दुनिया के विविध पहलू (उदाहरण के लिए, ईश्वर द्वारा वर्षा भेजना) या वे दण्ड जिनके बारे में कहा जाता है कि ईश्वर ने अतीत के पापी लोगों को दिया था। कुरान की आयतों की सीमाएं आम तौर पर एक कविता-अंतिम कविता की उपस्थिति से परिभाषित होती हैं, भले ही इस्लामी परंपरा कुरान को अलग-अलग छंदों में विभाजित करने की परस्पर विरोधी प्रणालियों को प्रसारित करती है। जो उपखंड अब प्रमुख है उसमें कुल 6,236 छंद हैं। ये लंबाई में अत्यधिक विचलन प्रदर्शित करते हैं, केवल कुछ शब्दों से लेकर पाठ के पूरे पैराग्राफ तक, लेकिन यह ध्यान दिया जाना चाहिए कि किसी दिए गए सूरह में पद्य की लंबाई पूरे कॉर्पस की तुलना में अधिक समान है। शास्त्रीय अरबी कविता के विपरीत, जिसकी शुरुआत पूर्व-इस्लामिक काल तक फैली हुई है, कुरान की आयतें मात्रात्मक मीटर का पालन नहीं करती हैं; यानी, वे लंबे और छोटे अक्षरों के निश्चित पैटर्न के अनुरूप नहीं हैं। इस अर्थ में, इस्लामी परंपरा के साथ, कुरान और काव्य छंदों के बीच सैद्धांतिक अंतर पर जोर देना सही है। कुरान के कई भाग अत्यधिक सूत्रबद्ध हैं, और लंबी आयतें अक्सर कुछ निर्धारित वाक्यांशों के साथ समाप्त होती हैं, जैसे "ईश्वर क्षमाशील है, दयालु है" या "ईश्वर जानने वाला है, बुद्धिमान है।"

कुरान आम तौर पर उन बयानों में पहले व्यक्ति एकवचन या बहुवचन ("मैं" या "हम") को नियोजित करके खुद को दिव्य भाषण के रूप में प्रस्तुत करता है जो स्पष्ट रूप से देवता को संदर्भित करता है। हालाँकि, यह दिव्य आवाज़ ईश्वर के बारे में तीसरे व्यक्ति के

बयानों के साथ बदलती रहती है। मुहम्मद के कथनों को आम तौर पर "कहो:..." आदेश द्वारा प्रस्तुत किया जाता है, इस प्रकार इस बात पर जोर दिया जाता है कि पैगंबर केवल ईश्वरीय आदेश पर बोल रहे हैं। भविष्यवाणी संबंधी बयान अक्सर मुहम्मद के विरोधियों द्वारा बताई गई आपत्तियों या खंडन का जवाब देते हैं, जो कुरान के सिद्धांतों जैसे कि मृतकों के सार्वभौमिक पुनरुत्थान या केवल एक ईश्वर के अस्तित्व में विश्वास पर संदेह पैदा करते हैं। इसके परिणामस्वरूप इधर-उधर का विस्तार हो सकता है जो कुरान के कुछ हिस्सों को निश्चित रूप से विवादास्पद और विवादास्पद गुणवत्ता प्रदान करता है।

इसलाम

कुरान के कई अंश उस गूढ़ निर्णय का वर्णन करने के लिए समर्पित हैं जिसके माध्यम से ईश्वर प्रत्येक इंसान को स्वर्ग या नरक में भेज देगा और बचाए गए लोगों के आगामी पुरस्कारों और शापितों की पीड़ाओं को चित्रित करेगा। ऐसी कहानियाँ भी हैं, जिनमें से कुछ बाइबिल के व्यक्तियों पर केन्द्रित हैं, जैसे एडम, मूसा, जीसस और मैरी। वर्णनात्मक अंशों में संक्षिप्त यादें (उदाहरण के लिए, 85:17-18) के साथ-साथ बहुत अधिक व्यापक विवरण (उदाहरण के लिए, 12वां सूरा, जोसेफ की कहानी को समर्पित) शामिल हैं। उनकी लंबाई के बावजूद, इन कहानियों को आम तौर पर एक आकर्षक शैली में दोहराया जाता है जिससे यह मान लिया जाता है कि वे पहले से ही अपने लक्षित दर्शकों को जानते थे। जोर कथा कथानकों के विवरण पर नहीं बल्कि उनके उपदेशात्मक महत्व पर है, जिसे अक्सर प्रक्षेपित टिप्पणियों के माध्यम से स्पष्ट रूप से इंगित किया जाता है। कई मामलों में, कुरान की कथाएँ न केवल कुछ बाइबिल अंशों के साथ बल्कि बाइबिल के बाद के रब्बीनिक और ईसाई ग्रंथों के साथ भी महत्वपूर्ण समानताएँ दिखाती हैं। उदाहरण के लिए, इब्राहीम के अपने मूर्तिपूजक पिता के साथ विवाद और अपने लोगों के झूठे देवताओं के विनाश की कहानी (उदाहरण के लिए, 37:83-98) उत्पत्ति की पुस्तक में नहीं बल्कि केवल बाद के ग्रंथों में पाई जाती है, जैसे कि रब्बी की टिप्पणी उत्पत्ति. कुरान के परिवेश में उन कथा परंपराओं की मध्यस्थता लिखित ग्रंथों के बजाय मौखिक प्रसारण पर निर्भर हो सकती है। यहां तक कि जहां कुरान पहले से सत्यापित कहानियों को दोबारा बताता है, वह आम तौर पर उन्हें अपने धार्मिक एजेंडे में उपयोग करके ऐसा करता है। पहले की परंपराओं के साथ कुरान का स्पष्ट ओवरलैप पिछले रहस्योद्घाटन की "पुष्टि" प्रदान करने के रूप में इसके आत्म-वर्णन के अनुरूप है (उदाहरण के लिए, 2:97)।

सबसे छोटे सूरह को छोड़कर, जो कुरान के संग्रह के अंत में स्थित हैं, लगभग सभी में पैराग्राफ-जैसे खंडों का क्रम शामिल है, जिनके बीच अक्सर और अक्सर प्रतीत होता है कि अचानक विषय परिवर्तन होते हैं। इसलिए पहली नज़र में, कई सूरहों की साहित्यिक सुसंगतता संदिग्ध लग सकती है। फिर भी, 1980 के दशक से किए गए अनुसंधान ने

तेजी से प्रदर्शित किया है कि सूरह वास्तव में उच्च स्तर की रचनात्मक एकता प्रदर्शित करते हैं जो कि प्रकट होती है, उदाहरण के लिए, प्रमुख शब्दों और वाक्यांशों की पुनरावृत्ति में, कभी-कभी इस तरह से जैसे कि विशिष्ट शब्दावली कोष्ठक बनाने के लिए या संकेन्द्रित साहित्यिक संरचनाएँ उत्पन्न करना। इसके अलावा, कई मध्यम आकार के सूरह एक सामान्य संरचनात्मक टेम्पलेट के अनुरूप होते हैं जो एक कथा मध्य खंड पर केंद्रित होता है। विशेष रूप से सुलभ उदाहरण सूरह 26, 37, और 54 हैं, जिनके मध्य भाग में कहानियों का एक चक्र शामिल है जिसमें बताया गया है कि कैसे भगवान ने अपने हमवतन को चेतावनी देने के लिए पहले दूतों को भेजा था। इन चेतावनियों में न केवल नूह, इब्राहीम और मूसा जैसे बाइबिल के पात्र शामिल हैं, बल्कि कुछ प्राचीन अरब जनजातियों को भेजे गए गैर-बाइबिल संदेशवाहक भी शामिल हैं। लगभग सभी मामलों में, ईश्वर के दूतों को बर्खास्त कर दिया जाता है या उनकी उपेक्षा कर दी जाती है, जिसके परिणामस्वरूप विनाशकारी दैवीय दंड मिलता है। सामग्री में ऐसी स्पष्ट समानताओं के अलावा, इन कथा चक्रों को बनाने वाले अधिकांश व्यक्तिगत एपिसोड भी एक खंडन द्वारा समाप्त होते हैं, जो पूरी रचना में और अधिक समरूपता जोड़ते हैं।

कुरान इस्लामी कानून का आधार बनता है, भले ही कई कानूनी विवरण धर्मग्रंथों से नहीं बल्कि मुहम्मद-तथाकथित हदीथ के लिए जिम्मेदार कुरान के अतिरिक्त कथनों और कार्यों से प्राप्त होते हैं। कुरान की अधिकांश कानूनी या अर्ध-कानूनी घोषणाएं कुछ सबसे लंबे सूरह में केंद्रित हैं, ऐसी सामग्री का सबसे व्यापक खंड 2:153-283 है। कुरान के कानून के अंतर्गत आने वाले डोमेन में पारिवारिक कानून (उदाहरण के लिए, विरासत नियम), अनुष्ठान कानून (उदाहरण के लिए, प्रार्थना से पहले स्नान करना या रमज़ान के महीने के दौरान उपवास करने का कर्तव्य), आहार संबंधी नियम (उदाहरण के लिए, खाने पर प्रतिबंध) के मामले शामिल हैं। सूअर का मांस या शराब), आपराधिक कानून (उदाहरण के लिए, चोरी या हत्या के लिए सजा), और वाणिज्यिक कानून (सूदखोरी का निषेध)। ठोस व्यवहार संबंधी नुस्खों को एक व्यवस्थित क्रम में समझाया नहीं जाता है और उन्हें दर्शकों के प्रश्नों के जवाब के रूप में प्रस्तुत किया जा सकता है - उदाहरण के लिए, 5:4 पर, "वे आपसे पूछते हैं कि उन्हें [खाने के लिए] क्या अनुमति है। कहना:...।"

उत्पत्ति एवं संकलन

कुरान पांडुलिपि
कुरान की पांडुलिपि के दो पत्ते, जिसे दुनिया के सबसे पुराने कुरान ग्रंथों में से एक माना जाता है। 2015 में रेडियोकार्बन विश्लेषण ने उस चर्मपत्र की तारीख बताई जिस पर पाठ 6 वीं शताब्दी के अंत या 7 वीं शताब्दी की शुरुआत में लिखा गया था।

कुरान दैवीय रूप से प्रकट हुआ था या नहीं, यह धार्मिक विश्वास का प्रश्न है जो ऐतिहासिक या भाषाशास्त्रीय पुष्टि या मिथ्याकरण के लिए उत्तरदायी नहीं है। हालाँकि,

जो बात विद्वानों की जाँच से स्वीकार की जाती है, वह है स्थान और समय में पाठ की संभावित उपस्थिति। इस्लामी सूत्रों की रिपोर्ट है कि कुरान के रहस्योद्घाटन का पूरा लिखित संग्रह पैगंबर की मृत्यु के बाद ही तैयार किया गया था, जब बड़ी संख्या में कुरान को दिल से जानने वाले लोग युद्ध के मैदान में मारे गए थे और डर पैदा हुआ था कि कुरान का ज्ञान गायब हो सकता है। तदनुसार कुरान के रहस्योद्घाटन को इकट्ठा करने का निर्णय लिया गया। ऐसा कहा जाता है कि इन्हें ताड़ की शाखाओं और पत्थरों जैसी विविध सामग्रियों पर दर्ज किया गया है और साथ ही लोगों की यादों में भी संरक्षित किया गया है। पैगंबर के एक साथी, ज़ैद इब्न थबिट ने कथित तौर पर जो भी उद्घोषणाएँ पाईं, उन्हें चर्मपत्र की शीटों पर कॉपी कर लिया और उन्हें दूसरे ख़लीफ़ा (इस्लामिक समुदाय के नेता), उमर (शासनकाल 634-644 ईस्वी) को सौंप दिया। उमर की मृत्यु के बाद यह संग्रह उनकी बेटी सफ़ाह को विरासत में मिला। कुरान के पाठ में मतभेदों को रोकने के लिए, तीसरे खलीफा, उस्मान (शासनकाल 644-656 सीई) ने आदेश दिया था कि ज़ैद इब्न थाबिट की पाठ की प्रतियां इस्लामी क्षेत्र के मुख्य गैरीसन कस्बों में भेजी जाएंगी और वह धर्मग्रंथ के वैकल्पिक संस्करणों को जला दिया जाए।

इसमें इस बात पर जोर दिया गया है कि उस्मान का मानकीकरण केवल कुरान के तथाकथित रस्म से संबंधित माना जाता है, इसका व्यंजन कंकाल किसी भी सहायक संकेत से रहित है। स्वरों की कमी के अलावा, रस्म में बड़ी संख्या में व्यंजन समरूपताएं भी शामिल हैं। संयोग से, मध्ययुगीन इस्लामी विद्वता कई कुरान शब्दों को पढ़ने के एक से अधिक आधिकारिक तरीकों को स्वीकार करके परिणामी अस्पष्टता को आसानी से स्वीकार करती है, जब तक कि इन पाठों को प्रारंभिक अधिकारियों से प्रेषित माना जाता है।

हालाँकि कुछ विद्वानों ने अनुमान लगाया है कि कुरान की रस्म का अंतिम मानकीकरण तब तक नहीं हुआ होगा जब तक कि इस्लामी परंपरा द्वारा बनाए रखा गया है, कई प्रारंभिक कुरान पांडुलिपियों की कार्बन डेटिंग ने ऐसे परिणाम उत्पन्न किए हैं जो काफी हद तक सुसंगत हैं। पारंपरिक दृष्टिकोण यह है कि कुरान का प्राप्त पाठ लगभग 650 ई.पू. तक अस्तित्व में था। अन्य विचार - उदाहरण के लिए, यह तथ्य कि कुरान में पैगंबर की मृत्यु के बाद इस्लामी इतिहास की किसी भी मुख्य घटना के सुस्पष्ट संदर्भो का अभाव है - भी इस धारणा का समर्थन करते हैं कि कुरान का संग्रह ईसा मसीह के पहले दशकों का है। 7वीं शताब्दी और वास्तव में इसमें मुहम्मद की भविष्यसूचक उद्घोषणाएँ शामिल हैं (जिनके ऐतिहासिक अस्तित्व की पुष्टि प्रारंभिक गैर-इस्लामी स्रोतों से होती है)। फिर भी, पूरी तरह से ऐतिहासिक आधार पर, इस बात से इंकार करना मुश्किल है कि कुरान में कुछ मात्रा में प्रारंभिक उत्तर-भविष्यवाणी संपादन किया गया होगा, एक संभावना जिसका भविष्य के शोध द्वारा मूल्यांकन किया जाना बाकी है।

इस्लामी परंपरा के अनुसार, कुरान मुहम्मद को अलग-अलग अंशों में प्रकट किया गया था जिसमें अक्सर अलग-अलग छंद या छंद समूह शामिल होते थे। इस्लामी स्रोत उन अवसरों के बारे में बड़ी संख्या में रिपोर्टें संरक्षित करते हैं जिन पर एक निश्चित सूरह या सूरह का हिस्सा कथित तौर पर प्रकट किया गया था। इस प्रकार, पूर्व-आधुनिक मुस्लिम व्याख्याताओं ने कुरान के रहस्योद्घाटन की परिकल्पना पैगंबर के जीवन की विशिष्ट घटनाओं के साथ घनिष्ठ रूप से जुड़ी हुई है, जो अतिरिक्त-कुरान साहित्य द्वारा रिपोर्ट की गई हैं। हालाँकि, पश्चिमी विद्वानों ने धीरे-धीरे प्रासंगिक अतिरिक्त-शास्त्रीय सामग्री की विश्वसनीयता के प्रति अधिक सतर्क रवैया अपनाया है, जिसे अक्सर 8वीं या अधिक से अधिक 7वीं शताब्दी के उत्तरार्ध से आगे का पता नहीं लगाया जा सकता है। इसलिए हालिया शोध में मुहम्मद के जीवन के बारे में बाद के विवरणों से जानबूझकर अलग करके कुरान की धार्मिक और साहित्यिक विशेषताओं की जांच करने की स्पष्ट प्रवृत्ति प्रदर्शित की गई है। साथ ही, वर्तमान विद्वता को उस अत्यंत महत्वपूर्ण स्तर के बारे में नए सिरे से जागरूकता से चिह्नित किया गया है, जिसमें कुरान की उद्घोषणाएं बाइबिल के बाद की यहूदी और ईसाई परंपराओं की एक समृद्ध श्रृंखला के साथ बातचीत कर रही हैं, जो गैर-अरबी (उदाहरण के लिए, हिब्रू, ग्रीक) में संरक्षित हैं। या अरामी) स्रोत। इस बात पर ज़ोर देना ज़रूरी है कि इस तरह की निरंतरता को स्वीकार करने का मतलब कुरान को केवल पिछली कहानियों और विचारों की प्रतिकृति तक सीमित करना नहीं है। इसके बजाय, स्वीकृति धार्मिक और साहित्यिक नवीनता की पूरी तरह से सराहना करने की एक पूर्व शर्त है जिसे अक्सर कुरान के विनियोग, पुनर्रचना और पूर्व परंपराओं की आलोचना को चित्रित करने के लिए दिखाया जा सकता है।

एक बंद कोष के रूप में कुरान से पीछे की ओर काम करते हुए, जो संभवतः मुहम्मद के भविष्यवक्ता करियर के दौरान अस्तित्व में आया था, क्या इस्लामी धर्मग्रंथ की पहले और बाद की परतों के बीच भेदभाव करना और सूरह, या उसके हिस्सों को एक दूसरे के सापेक्ष दिनांकित करना संभव है? इस्लामी परंपरा मक्का और मदीना रहस्योद्घाटन के बीच अंतर करती है, दोनों के बीच का अंतर 622 में मुहम्मद का अपने गृहनगर मक्का से मदीना में प्रवासन था। इस पारंपरिक विभाजन पर भरोसा करते हुए, जर्मन ओरिएंटलिस्ट विद्वान गुस्ताव वेइल (मृत्यु 1889) और थियोडोर नोल्डेके (मृत्यु 1930)) ने प्रस्तावित किया कि मक्का ग्रंथों को लगातार तीन अवधियों में विभाजित किया जा सकता है। उनके द्वारा नियोजित प्राथमिक डेटिंग मानदंड पद्य की लंबाई थी, ऑपरेटिव धारणा यह थी कि कुरान की आयतें समय के साथ लंबी होती गईं। यह निश्चित रूप से किसी भी तरह से स्वतः स्पष्ट नहीं है कि कुरान के संग्रह में एकत्रित सामग्री को अस्थायी रूप से लगातार ग्रंथों की एक रैखिक श्रृंखला में पुनर्व्यवस्थित करना संभव होगा, लेकिन कुरान की रचना का कोई वैकल्पिक विवरण अभी तक पर्याप्त स्तर पर तैयार नहीं किया गया है। विस्तार और व्याख्यात्मक शक्ति का. यदि समय के साथ छंदों के क्रमिक विस्तार की वेइल और

नोल्डेके की धारणा को स्वीकार कर लिया जाता है, तो अधिकांश छोटे सूरह, जिनमें छोटे छंद भी होते हैं, मुहम्मद के मंत्रालय के प्रारंभिक काल से संबंधित होते हैं, जबकि सूरह 2-5, उदाहरण के लिए , कुरान के उद्भव के बहुत बाद के चरण का होगा। मुहम्मद के उपदेश के विकास को समझने के लिए इस तरह के कालक्रम का महत्वपूर्ण निहितार्थ है। उदाहरण के लिए, एक परिणाम यह होगा कि कुरान की उद्घोषणाओं ने काफी देर तक कानूनी नियमों में कोई दिलचस्पी नहीं दिखानी शुरू की।"

britannica encyclopedia

पवित्र कुरान की सूरते

2-68,3-734-745-1,6-1117-818-879-92,10   )   (**MK**   ) ,   89,11 -93,12-94,13-103,14-10   0,15-108,16-102,17-107,18 109,19-105,20-113.21-11422-112,23-53.24-80,25   -9 726-91,27-85.28-95,29-106,30-101,31-75,32-104,33 77,34-50,35-90,36-86,37-5   438-38,   39-740-7241-3642   . 25,43-35,44-1945-20,46-56   ,   47-26,48-2749-28.50-17.51 10,52-11,53-12.54-15.55-656-37   ,57-31,58-34.59-39   60 40,61-41,62-4263-43,64-44.65-45,66-46,67-51.68-88,69 18,70-1671-71,72- 1473-21,74-23,75-32,76-5277 67,78-69,79-70,80-78,81-79.82-82,83-84,84-30,85-29,86 83, 87-2 **(MD)** , 88-8.89-3,90-33,91-60,92-493-99,94-57   , 95-47.96-13,97-55,98-76.99-65,100-98,101-59,102 24,103-22,104-63,105-58,106-49,107-66,108-64,109   61,110-62,111-48   , 112-5,113-9,114-110 .

MK-मक्की
MD- मदनी
 11/09/2009, 9 : 44 Am

कुरआन के अनसुलझे रहस्य

मौत-- अल्लाह ही प्राणों को उनकी मृत्यु के समय ग्रस्त कर लेता है और जिसकी मृत्यु नहीं आयी उसे उसकी निद्रा की अवस्था में (ग्रस्त कर लेता है) फिर जिसकी मृत्यु का फैसला कर दिया है उसे रोक रखता है । और दूसरों को एक नियत समय तक के लिए छोड़ देता है । निश्चय ही इसमें कितनी ही निशानियाँ हैं सोच विचार करने वालों के लिए (सूरा अज़ जुमर 39 , आयत 42)

विस्तार –: मौत की वास्तविकता तो यह है कि मानव प्राण जिसका दूसरा नाम रूह है , शरीर से पूरी तरह अलग हो जाए । इसी से मिलती जुलती हालत नींद में भी होती है , जबकि समझने पहचानने महसूस करने की शक्ति या यूं लीजिए कि होश और हवा गुम हो जाते हैं इसलिए नींद की हालत को भी मौत कहा गया है । मतलब यह कि विवेक का लुप्त हो जाना मानव प्राण का गायब हो जाना है यह किस तरह गायब होता और कहा जाता है इससे हम बिलकुल अनजान हैं,अलबत्ता कुरआन हमें इस हक़ीकत से अगाह करता है कि अल्लाह ही कब्ज करता है और अविवेक की वह दशा मौत जैसी दशा है अर्थात नींद की हालत में जिन की मौत आती है उनको फिर होश और विवेक की दशा में वापस नहीं लाया जाता और यह सही बात है कि कितने लोग नींद की हालत में मर जाते हैं । अर्थात जिनकी मौत का फैसला नहीं हो चुका होता उनका विवेक वापास लौट आता और फिर वे होश में आ जाते हैं । होश और विवेक की वापसी गोया मानव प्राण की वापसी है । जो अल्लाह की कुदरत का करिश्मा है ।

ब्रह्माण्ड – अल्लाह ही है जिसने सात आकाश बनाये और उन्हीं के सदृश धरती से भी उनके बीच (उसका) आदेश उतरता रहता है , ताकि तुम जानो कि अल्लाह को हर चीज़ की सामर्थ्य प्राप्त है और यह कि अल्लाह हर चीज़ को अपनी ज्ञान परिधि में लिए हुए हैं । (सूरा अत तलाक 65 , आपत 12) I

विस्तार-- इस आयत में कापनात के एक अति महत्वपूर्ण रहस्प पर से परदा उठाया गया है । वह यह कि यह कायनात इस आसमान और इस जमीन तक सीमित नहीं है । बल्कि यह पहला आसमान है जिसे हम अपने ऊपर देख रहे हैं । इस तरह सात आसमान अल्लाह तआला ने बनाए हैं और जिस तरह इस दुनिया के आसमान के नीचे जमीन है उसी तरह दूसरे आसमानों के नीचे भी ज़मीने है । किंतु यह हमारी ज़मीने से बहुत भिन्न हैं । इसीलिए फरमाया जमीन जैसी ! इन जमीनों की जो हमारे लिए अदृश्य है , उसकी स्थिति , उसकी दशा अल्लाह ही को मालूम हैं । हमारे पास उनके मालूम करने का कोई साधन नहीं है । और विज्ञान की पहुँच इस मण्डल से बाहर नहीं है जिसमें हम रहते हैं । अर्थात यह ज़मीन और इसके ऊपर

का यह पहला आसमान एक के बाद एक ऐसे सात जगत है । इन सातों जगत में क्या कुछ है उससे न हम परिचित हैं और न हमारे पास इसके जानने का कोई साधन । अर्थात् इन सातों आसमानों और जमीनों पर अल्लाह की सत्ता चल रही है और उसके आदेश उन सबके अन्दर अवतरित होते रहते हैं । और यह अल्लाह ही को मालूम है इन सारे जगतों में किस तरह की सृष्टियां पाई जाती हैं और वहां किस प्रकार के आदेश अवतरित किये जाते है । जिसने सात आसमान तह दर तह बनाए | तुम रहमान की रचना में कोई हैं खलल न पाओगे । (सूरह अल मुल्क 67 , आयत 3) .

विस्तार– यह आसमान जो जमीन के ऊपर हर तरफ फैला हुआ है , पहला आसमान है । हम इस खोल के अंदर बंद है । यद्यपि इस खोल के अंदर बड़ी बड़ी आकाश गंगाएं हैं और ऐसे सितारे भी हैं जो हजारों प्रकाश वर्ष की दूरी पर है । इस विशालता के बावजूद यह कापनात इस खोल तक सीमित नहीं है बल्कि इस तरह सात आसमानी वाली यह का अत्यंत विशाल है । सात आसतातों की कल्पना से इस कायनात की विशालता का एक हल्का सा नक्शा उभरता है वरना इसकी विशालता का सही अनुमान करने में हम असमर्थ है । विज्ञान की पहुंच पहले आसमान तक भी नहीं हो सकी है । जिस ख़ोन में हम बन्द है उसी के अन्दर वह अपने कारनामे दिखा रही है । फिर उसके आसमान की तरफ तवज्जोह की जो घुए के रूप में था । उसने उस से और जमीन से कहा हुक्म की तामील करो , रज़ामंदी से या बगैर रज़ामंदी का उन्होंने कहा हमने तामील की रज़ामंदी से आपत तो उसने सात आसमान बना दिए दो दिनों में और प्रत्येक आसमान में उसके अहकाम वह्य कर दिये । (सूरह हामीम अस्सज्दा 41 , -11-12) .

विस्तार –: आस्मान और ज़मीन का मद्दा (तृत्व) तो एक साथ ही पैदा कर दिया गया था । जब जमीन की संरचना हुई तो आसमान एक धुएं के रूप में मौजूद था धुएं से दिमाग गर्म गैस (Hot Gas) की ओर जाता है संभव है यह उसी की ताबीर अथवा उसी की बात हो । आसमान का जो आरंभिक माद्दा । (तत्व) पैदा किया गया था उस से उसके साए आसमान बनाए । इन सात आसमानों में क्या कुछ है अल्लाह ही को मालूम है । अलबत्ता अंतरिक्ष में असंख्य तारों वा उपग्रहों का अस्तित्व देखने में आने वाली चीज़ है । क्या इन्कार करने वाले ने इस बात पर विचार नहीं किया कि आसमान और ज़मीन परस्पर मिले हुए थे फिर हमने उन्हें अलग कर दिया और पानी से तमाम जीवित चीजें पैदा कर दी । क्या फिर भी वे ईमान नहीं लाएंगे ? (सूरह अल अंबिया 21 , आयत 30)

विस्तार– कायनात की दशा आरंभ में क्या थी , यहां उसी दशा को बताकर के चिंतन मनन का न्योता दिया गया है । कायनात के बारे में यह समझना सही नहीं उसको जिस रूप में हम

देखते हैं उसी प्रकार से वह सदा से चली आ रही है । इसका न कोई आरंभ है और ना कोई अंत बल्कि वास्तविकता यह है कि यह कायनात एक सृष्टा के सर्जन करने से अस्तित्व में आई है और उसकी शुरुआत यूं हुई कि उसने पहले एक पदार्थ (दुखान) का रचना की । जो एक तोदे (Mas) के रूप में था । फिर उस पदार्थ से जमीन और आसमान (माकाश के सारे मण्डल और नक्षत्र) बनाए | गोया जमीन आसमान शुरु में मिले हुए थे । बाद में अलग अलग हो गए ।

क्या तुम देखते नहीं कि किस तरह अल्लाह के सात आसमान तह दर तह बनाए । (सूरह नूह 71 आपत 15) ,

विस्तार-- सात आसमानों के तह दर तह होने का मतलब सात लोक का अस्तित्व है जिनमें से हर एक का एक आसमान है । सात आसमानों की जानकारी मनुष्य को प्राचीन काल से या नबियों की हिदायत के द्वारा प्रदान की गई है इसलिए इसकी हैसियत स्थायी ज्ञान की है । हज़रत नूह ने लोगों को आसमानों की पैदाइश पर सोच विचार करने की दावत दी ताकि उन्हें अल्लाह की महान कुदरत का अंदाजा हो और हज़रत नूह की दावत की सत्यता की निशानियां आसमान भी देख लें । चाँद और सूरज दुनिया के आसमान में है इसलिए इसको आसमान की तरफ मंसूब किया गया है । वही तो है जिसने तुम्हारे लिए जमीन की सारी चीजें पैदा कीं , फिर आकाश की और रूख किया और ठीक तौर पर सात आकाश बनाए और वह हर चीज को जानता है । (सूरा अल - बकरा -2 , आपत 29) .

विस्तार-- आसमान की संख्या का 7 होना तौरेत और इंजील में भी अंकित हैं । हेस्टिंग्स की डिक्शनरी आफ दि बाइबिल में है " नवीन एवं पुरातन दोनो जमानों में आसमानों का जो विचार है , वह सात आसमानों का है ' (वालूम 2 , सफा 362) पुराने वैज्ञानिकों ने यह बताया है कि आसमान के सात होने का अर्थ है मशहूर सप्यारों अर्थात चन्द्रमा मंगलग्रह आदि का घेरा और यह सब पृथ्वी को अपने घेरे में लिपे हुए है | स्वयं आसमान कोई हरकत नहीं करता । यहां केवल एक इशारा किया गया है ।

नजर लगना

याह्या ने मुझे मलिक से अब्दुल्ला इब्न अबी बक्र से अब्बाद इब्न तमीम से संबंधित किया कि अबू बशीर अल-अंसारी ने उसे बताया कि वह अल्लाह के दूत के साथ था, अल्लाह उसे आशीर्वाद दे और उसे अपनी एक यात्रा पर शांति प्रदान करे। उन्होंने बताया, "अल्लाह के दूत, अल्लाह उन्हें आशीर्वाद दे और उन्हें शांति प्रदान करे, एक दूत भेजा।" (अब्दुल्ला इब्न अबी बक्र ने कहा, मुझे लगता है कि उन्होंने यह तब कहा था जब लोग अपने आराम करने की जगह पर थे।) उन्होंने कहा, "ऊंट की गर्दन पर एक भी डोरी का हार, या कोई भी हार, टूटा हुआ न रहने दें। "
याह्या ने कहा, "मैंने मलिक को यह कहते हुए सुना, 'मुझे लगता है कि यह बुरी नज़र के कारण था।' " (मलिक का मुवत्ता 49.12.39)

अबू हुरैरा से रिवायत है:
पैगंबर ने कहा, "बुरी नजर का असर एक सच्चाई है।" और उन्होंने टैटू बनवाने पर रोक लगा दी. (साहिह अल-बुखारी 7.636)

आयशा ने बताया:
जब अल्लाह के रसूल (सल्लल्लाहु अलैहि व सल्लम) बीमार पड़ते थे, तो जिब्राइल ये आयतें पढ़ते थे: "अल्लाह के नाम पर, वह तुम्हें हर तरह की बीमारी से ठीक कर सकता है और ईर्ष्यालु व्यक्ति की बुराई से बचा सकता है, जब वह ईर्ष्या महसूस करता है और बुराई से बचाता है।" आँख का प्रभाव (सहीह मुस्लिम 25.5424)

अबू सईद अल-ख़ुदरी से रिवायत है:
जिब्राईल अल्लाह के रसूल (सल्लल्लाहु अलैहि व सल्लम) के पास आए और कहा: मुहम्मद, क्या आप बीमार पड़ गए हैं? इस पर उन्होंने कहा: हां. उन्होंने (गेब्रियल) कहा: "अल्लाह के नाम पर मैं तुम्हें हर चीज से मुक्त करता हूं और तुम्हें हर उस बुराई से बचाता हूं जो तुम्हें नुकसान पहुंचा सकती है और ईर्ष्यालु व्यक्ति की नजर से भी। अल्लाह तुम्हें ठीक करेगा और मैं तुम्हारे लिए अल्लाह का नाम लेता हूं।" "
(सहीह मुस्लिम 25.5425)

अब्दुल्ला इब्न अब्बास ने कहा:

अल्लाह के रसूल (सल्लल्लाहु अलैहि व सल्लम) ने कहा: बुरी नज़र का प्रभाव एक सच्चाई है; यदि भाग्य से पहले कुछ होगा तो वह बुरी नज़र का प्रभाव होगा, और जब आपको बुरी नज़र के प्रभाव से बचने के लिए (उपचार के रूप में) स्नान करने के लिए कहा जाए, तो आपको स्नान करना चाहिए। (सहीह मुस्लिम 25.5427)

अनस इब्न मलिक ने रिवायत किया:
मंत्रोच्चार के संबंध में अनस ने बताया कि उन्हें बिच्छू के डंक के इलाज और छोटी-छोटी फुंसियों को ठीक करने और बुरी नजर के प्रभाव को दूर करने के लिए (उपचार के रूप में मंत्र का उपयोग करने की) अनुमति दी गई थी। (सहीह मुस्लिम 25.5448)

पुस्तक 2, संख्या 0647:
अब्दुल्ला इब्न अब्बास ने कहा:
इब्न अब्बास के मुक्त गुलाम कुरैब ने बताया: अब्दुल्ला इब्न अब्बास ने अब्दुल्ला इब्न अल-हरिथ को बालों की पिछली गाँठ लगाकर प्रार्थना करते देखा। वह उसके पीछे खड़ा हो गया और उसे खोलने लगा। वह अविचल (स्थिर) खड़ा रहा। जब उसने अपनी नमाज़ ख़त्म की तो वह इब्न अब्बास के पास आया और उससे कहा: तुम मेरे सिर के साथ क्या कर रहे थे? उन्होंने कहा: मैंने अल्लाह के रसूल (सल्लल्लाहु अलैहि व सल्लम) को यह कहते हुए सुना: जो आदमी बालों में काली गांठ बांधकर नमाज़ पढ़ता है, वह सिर झुकाकर नमाज़ पढ़ता है।

पवित्र क़ुरआन, सूरह

अल-हिज्र15, आयत 27

तफ्सीर इब्ने कसीर

तफ्सीर इब्ने कसीर और वास्तव में, हमने मनुष्य को बदली हुई मिट्टी की सूखी (सुनने वाली) मिट्टी से बनाया है। और जिन्न को हमने पहले आग की धुँआ रहित लौ से पैदा किया था।

इब्न अब्बास, मुजाहिद और क़तादा ने कहा कि;

साल्साल का अर्थ है सूखी मिट्टी।

स्पष्ट अर्थ अयाह के समान है:

उसने मनुष्य (आदम) को कुम्हार की मिट्टी जैसी दिखने वाली मिट्टी से पैदा किया, और उसने आग की धुंआ रहित लौ से जिन्नों को पैदा किया। (55:14-15)

मुजाहिद की ओर से यह भी बताया गया कि,

صلصال

(सूखी (लगने वाली) मिट्टी) का अर्थ है "सड़ी हुई", लेकिन एक आयत की व्याख्या दूसरी आयत से करना अधिक उचित है।

बदली हुई मिट्टी का,

मतलब सूखी मिट्टी जो कीचड़ से आती है, जो कि मिट्टी है।

यहाँ "परिवर्तित" का अर्थ है चिकना।

और जैसा कि हमने उसे पहले बनाया था

और जिन्न, हमने पहले बनाया था,

मतलब इंसानों को बनाने से पहले।

ज़हर की आग से अग्नि की निर्धूम ज्वाला से।

इब्न अब्बास ने कहा, "यह निर्धूम ज्वाला है जो मार डालती है।"

अबू दाऊद अत-तयालिसी ने कहा कि शूबा ने उन्हें अबू इशाक से सुनाया, जिन्होंने कहा:

"जब उमर अल-असम बीमार थे तो मैंने उनसे मुलाकात की और उन्होंने कहा: "क्या मैं आपको एक हदीस नहीं बताऊं जो मैंने अब्दुल्ला बिन मसूद से सुनी थी। उन्होंने कहा: ``यह निर्धूम ज्वाला उस निर्धूम अग्नि के सत्तर भागों में से एक है जिससे जिन्न ने रचना की।

फिर उन्होंने सुनाया, और क्योंकि वह ज़हर की आग से पहले बनाया गया था

(और जिन्न को हमने पहले आग की धुँआ रहित लौ से पैदा किया था)।

सहीह में निम्नलिखित पाया जाता है,

प्रकाश से स्वर्गदूतों की सृष्टि, और अग्नि से आत्माओं की सृष्टि, और जो कुछ मैंने तुम्हें बताया है, उससे आदम की सृष्टि।

 फ़रिश्ते रोशनी से पैदा किये गये, जिन्न आग की धुँआ रहित लौ से पैदा किये गये और आदम उस चीज़ से पैदा किये गये जिसका वर्णन आपको किया गया है।

आयत का उद्देश्य आदम के नेक स्वभाव, अच्छे सार और शुद्ध मूल को इंगित करना है

तफ्सीर अबू बक्र अल-जज़ैरी (जन्म 1921 ई.)

अबू बक्र अल-जज़ाइरी (मृत्यु 2018 ई.) के शब्दों की असर अल-तफ़सीर की व्याख्या।

शब्द स्पष्टीकरण:

और हमने मनुष्य को पैदा किया: आदम, उस पर शांति हो।

कीचड़ वाली मिट्टी से, मसनून: कोई भी सूखी मिट्टी जिसमें कीचड़ वाली मिट्टी हो, यानी काली, बदरंग मिट्टी।

विषाक्त पदार्थों की आग से: एक धुआं रहित आग जो छिद्रों में प्रवेश करती है और मानव त्वचा को छेदती है।

 यदि तू ने उसे उत्पन्न किया है: अर्थात् तू ने उसकी रचना पूरी कर दी है।

 तो उसके सामने सज्दा करके गिर पड़ो यानी उसके सामने सजदा करके गिर जाओ।

 श्लोक का अर्थ:

संदर्भ अभी भी भगवान की शक्ति, ज्ञान, बुद्धि और दया की अभिव्यक्तियों का उल्लेख करने में है। सर्वशक्तिमान ईश्वर कहते हैं: {और हमने मनुष्य को बनाया}, यानी, आदम, {मिट्टी से}, यानी, सूखी मिट्टी, जिससे मिट्टी की आवाज़ सुनी जा सकती है। {सुलगते कीचड़ से} यानी बदलती गंध वाली काली मिट्टी। यह शक्ति और ज्ञान की अभिव्यक्ति है, और उनका कहना है: {और जिस जिन्न को हमने आदम और जिन्न की रचना से पहले बनाया था, वह जिन्न का पिता है जिसे हमने बनाया है उसे {जहर की आग से} और जहर की आग एक निर्धूम आग है जो शरीर के छिद्रों में प्रवेश करती है। ...और उसका कहना {और जब तुम्हारे भगवान ने कहा} मतलब, याद करो, हे हमारे दूत, जब तुम्हारा भगवान स्वर्गदूतों से कहा, "आदम को साष्टांग प्रणाम", जिसका अर्थ है अभिवादन और सम्मान का साष्टांग प्रणाम, न कि आदम की पूजा का साष्टांग, क्योंकि जिसकी पूजा की जाती है वह वही है जो आज्ञा देता है और उसका पालन किया जाता है, और वह सर्वशक्तिमान ईश्वर है। तो उन्होंने सजदा किया {सिवाय इबलीस के, जिसने इन्कार किया} अर्थात्

उसने सज्दा करनेवालों के साथ रहने से इन्कार किया। और उसका यह कहना: "उसने कहा, 'हे शैतान, तू उन लोगों के साथ क्यों न हो जो सजदा करते हैं?'" कुछ भी मतलब.

तफ्सीर अबुल आला मौदूदी-
और उससे पहले हमने जिन्न को आग की गोद से पैदा किया था।[18]
18– सैमम गर्म हवा को संदर्भित करता है, और जब नार की तुलना सैमम से की जाती है, तो इसका मतलब आग के बजाय तीव्र गर्मी है। यह उन स्थानों की व्याख्या करता है जहां कुरान में कहा गया है कि जिन्न आग से बनाए गए हैं। (अधिक स्पष्टीकरण के लिए, अल-रहमान, हवाशी 14 से 16 देखें)।

तफ्सीर अहसनुल बयान
इससे पहले हमने जिन्न को आग की लौ से पैदा किया था (1)।
27.1 जिन्न को जिन्न कहा जाता है क्योंकि वह आँखों से दिखाई नहीं देता। सूरह रहमान में जिन्न की रचना (55 مَّارِجٍ مِّن نَّارٍ. अल-रहमान: 15) और सहीह मुस्लिम की एक हदीस में कहा गया है, इसलिए आग या आग की लौ का अर्थ एक ही है।

जिन्न में इस्लामी विश्वास अंधविश्वासी अरब बुतपरस्ती है।   जिन्न अरब बुतपरस्ती के लिए अद्वितीय हैं।   जिन्न अरब संस्कृति के "पौराणिक बुरे लोग" हैं। बुतपरस्त अरबों द्वारा विश्वास की जाने वाली "जिन्न" की व्यापक प्रसार अवधारणा को त्यागने के बजाय, मुहम्मद रबर ने इन पौराणिक मानव निर्मित प्राणियों पर मुहर लगा दी और उन्हें सीधे कुरान में ला दिया!

 प्रारंभिक अरब इतिहास तथ्य और कल्पना का मिश्रण है... परंपरा हमें बताती है कि अल्लाह ने आदम को बनाने से दो हजार साल पहले जिन्न को बनाया था।   अदृश्य होते हुए भी उन्होंने प्यार किया और शादी की, बच्चे पैदा किए और मर गए। शुरुआत में, सभी जिन्न अच्छे थे, लेकिन आदम के समय से बहुत पहले उन्होंने अपने स्थापित अस्तित्व के खिलाफ विद्रोह किया और चीजों के क्रम को बदलने की कोशिश की।   विद्रोह के दौरान, दुष्ट जिन्नों में से एक, इबलीस ने बहुत ताकत हासिल कर ली और अरब दुनिया का शैतान बन गया।   अल्लाह के फ़रिश्तों द्वारा विद्रोह को दबाने के बाद भी इबलीस ने अपनी शक्ति बरकरार रखी। जिन्न खंडहरों में रहते थे और नदियों और महासागरों में रहते थे।   अरब ने उन्हें बवंडरों और झरनों में देखा।   हालाँकि, जिन्न का मुख्य निवास काफ़ नामक एक रहस्यमय पर्वत था, जो अरब की कल्पना में, एक विशाल पन्ना पर स्थापित किया गया था।   वास्तव में, यह चमकता हुआ रत्न रेगिस्तानी क्षेत्रों में अक्सर सूर्य की किरणों को नीला रंग देता है। (इस्लाम और अरब, रोम लैंडौ, 1958 पृष्ठ 11-21)

 बेडौइन ने रेगिस्तान को पशु प्रकृति की जीवित चीजों से आबाद किया, जिन्हें जिन्न या राक्षस कहा जाता है।   ये जिन्न अपनी प्रकृति में देवताओं से उतने भिन्न नहीं हैं जितना कि मनुष्य से उनके संबंध में।   देवता कुल मिलाकर मित्रवत हैं; जिन्न, शत्रुतापूर्ण. उत्तरार्द्ध, निश्चित रूप से, रेगिस्तान के भय और उसके जंगली जानवरों के जीवन की शानदार धारणाओं का प्रतीक हैं।   जिन क्षेत्रों में मनुष्य बार-बार आता है, वे देवताओं के हैं;   जिन्न का संबंध जंगल के अज्ञात और अछूते हिस्सों से है।   एक पागल (मजनूं) वह होता है जिस पर जिन्न का साया होता है। इस्लाम के साथ जिन्नों की संख्या में वृद्धि हुई, क्योंकि बुतपरस्त देवताओं को ऐसे प्राणियों में बदल दिया गया।'(अरबों का इतिहास, फिलिप के. हिती, 1937, पृष्ठ 96-101)

 "इस्लाम से पहले, अरबी दुनिया के धर्मों में कई आत्माओं की पूजा शामिल थी, जिन्हें जिन्न कहा जाता था। अल्लाह मक्का में पूजे जाने वाले कई देवताओं में से एक था। लेकिन फिर मुहम्मद ने अल्लाह की पूजा को एकमात्र ईश्वर के रूप में

सिखाया, जिसे उन्होंने उसी के रूप में पहचाना। ईश्वर की पूजा ईसाइयों और यहूदियों द्वारा की जाती है।" (ए शॉर्ट हिस्ट्री ऑफ फिलॉसफी, रॉबर्ट सी. सोलोमन, पृष्ठ 130)

इन देवताओं में से कुछ ऐसे भी हो सकते हैं जो मूल रूप से जिन्न, पौराणिक पूर्वज या महान नायक थे, जिन्हें धीरे-धीरे भगवान के पद तक ऊपर उठाया गया। दूसरी ओर, कुछ देवता सीधे प्राकृतिक शक्तियों के अवतार से विकसित हुए (उदाहरण के लिए, कुज़ा में, कोई अभी भी तूफान देवता की विशेषताओं को समझ सकता है)।' हालाँकि, यह नहीं सोचा जाना चाहिए कि ये देवता पहले किसी आत्मा या राक्षस अवस्था से गुज़रे होंगे, और आकाशीय प्राणी पृथ्वी की आत्माओं के बाद के हैं।" पूर्व-इस्लामिक अरबी तारकीय मिथक (जो, कम से कम आंशिक रूप से, बेडौइन में हैं) उत्पत्ति)" साबित करें कि आकाश का अध्ययन किया गया था और सितारों का भी मानवीकरण किया गया था। (इस्लाम पर अध्ययन, मर्लिन एल. स्वार्ट्ज द्वारा संपादित, प्री-इस्लामिक बेडौइन रिलिजन, जोसेफ हेनिंगर द्वारा, 1981, पृष्ठ 3-22)

जादू प्रथाओं के भी संदर्भ हैं, विशेष रूप से 'गांठों पर फूंक मारने' की एक रहस्यमय प्रक्रिया (113.4)। जादू के विरुद्ध बचाव का अर्थ था किसी श्रेष्ठ शक्ति की शरण लेना। कुरान के अंतिम दो सुर कुछ निर्दिष्ट बुराइयों के खिलाफ 'शरण लेने' के सूत्र हैं, और मुअव्विदबतैन के नाम से जाने जाते हैं। इन दो सुरों में और अन्यत्र मुसलमानों को शैतान (7-200; 16.98; 41.36) और पुरुषों (40-56; आदि) दोनों से 'भगवान की शरण लेने' के लिए प्रोत्साहित किया जाता है; जिन्न के साथ 'शरण लेने' के लिए बुतपरस्तों की आलोचना की जाती है (72.6)। यह सब 600 ईस्वी के अरब में धार्मिक अभ्यास की विविधता को दर्शाता है। (मुहम्मद का मक्का, डब्ल्यू. मोंटगोमरी वाट, अध्याय 3: प्री-इस्लामिक में धर्म, पृष्ठ 26-45)

कुरान में स्वर्गदूतों और जिन्न दोनों के बारे में बहुत कुछ है, लेकिन देवी-देवताओं के साथ इस पहचान के अलावा उनका संबंध दैवीय दुनिया से नहीं बल्कि बनाई गई दुनिया से है, जिसमें वे इंसानों से अलग आदेशों का गठन करते हैं। कुछ जिन्न तो मुसलमान भी बन गये (72-1-19)। मुहम्मद का मक्का, डब्लू. मोंटगोमरी वाट, अध्याय 3: पूर्व-इस्लामिक अरब में धर्म, पृष्ठ 26-45)

भाई एंड्रयू द्वारा लिखित

जिन्नी

अरब पौराणिक कथा

इसे जिन्न, जिन्न, जिन्नी के नाम से भी जाना जाता है

जिन्नी, अरबी पौराणिक कथाओं में, पृथ्वी पर निवास करने वाली लेकिन मनुष्यों द्वारा अनदेखी एक आत्मा है, जो विभिन्न रूप धारण करने और असाधारण शक्तियों का प्रयोग करने में सक्षम है। जिन्न में विश्वास इस्लाम-पूर्व अरब में आम था, जहाँ माना जाता था कि वे कवियों और भविष्यवक्ताओं को प्रेरित करते थे। कुरान में उनके अस्तित्व की पुष्टि की गई थी, और उन्हें इस्लाम में मनुष्यों के समानांतर प्राणियों के रूप में देखा गया है जो अच्छे और बुरे के बीच चयन करने में सक्षम हैं और इस प्रकार उन्हें अंततः मोक्ष या विनाश का सामना करना पड़ेगा। वे स्वभाव से धूम्ररहित ज्वाला वाले प्राणी हैं, ठीक उसी तरह जैसे कहा जाता है कि मनुष्य पृथ्वी से बने हैं, और उन्हें मनुष्य द्वारा नहीं देखा जा सकता है।

बहुवचन: जिन्न

यह भी कहा जाता है: जिन्न

अरबी: जिन्नी

घोल इफ्रिट शैतान सिला मैरिड

एनसाइक्लोपीडिया ईरानिका - जिनी

जिन्न, विशेष रूप से अनदेखी चीज़ों के साथ अपने जुड़ाव के कारण, हमेशा उत्तरी अफ़्रीकी, मिस्र, सीरियाई, फ़ारसी और तुर्की लोककथाओं में पसंदीदा व्यक्ति रहे हैं और एक विशाल लोकप्रिय साहित्य के केंद्र में हैं, जो विशेष रूप से द थाउज़ेंड एंड वन नाइट्स में दिखाई देते हैं। भारत और इंडोनेशिया में वे कुरान के विवरण और अरबी साहित्य के माध्यम से स्थानीय मुस्लिम कल्पना में प्रवेश कर चुके हैं।

आम लोककथाओं में, जिन्न मानव या पशु रूप धारण करने में सक्षम हैं और कहा जाता है कि वे सभी कल्पनीय निर्जीव वस्तुओं - पत्थरों, पेड़ों, खंडहरों - और पृथ्वी के नीचे, हवा में और आग में रहते हैं। उनके पास इंसानों की शारीरिक ज़रूरतें हैं और उन्हें मारा भी जा सकता है, लेकिन वे सभी शारीरिक प्रतिबंधों से मुक्त हैं। जिन्न मनुष्यों को जानबूझकर या अनजाने में किए गए किसी भी नुकसान के लिए दंडित करने में प्रसन्न होते हैं, और कहा जाता है कि वे कई बीमारियों और सभी प्रकार की दुर्घटनाओं के लिए ज़िम्मेदार हैं। हालाँकि, उचित जादुई प्रक्रिया जानने वाले मनुष्य अपने लाभ के लिए जिन्न का शोषण कर सकते हैं।

घोल (बदलते आकार की विश्वासघाती आत्माएं; घोल), इफ्रिट (शैतानी, बुरी आत्माएं), और सिला (अपरिवर्तनीय रूप की विश्वासघाती आत्माएं) जिन्न के वर्ग का गठन करते हैं।

एनसाइक्लोपीडिया ब्रिटानिका के
<u>हिंदू पौराणिक कथा</u>
इन्हें यक्षी, यक्षिणी, यक्ष, यक्षी के नाम से भी जाना जाता है

यक्ष, भारत की पौराणिक कथाओं में, आम तौर पर परोपकारी लेकिन कभी-कभी शरारती, मनमौजी, यौन-लोलुप, या यहां तक कि हत्यारी प्रकृति आत्माओं का एक वर्ग है जो पृथ्वी और पेड़ों की जड़ों में छिपे खजाने के संरक्षक हैं। वे शक्तिशाली जादूगर और आकार बदलने वाले हैं। यक्षों में प्रमुख कुबेर हैं, जो अलका नामक पौराणिक हिमालयी साम्राज्य में शासन करते हैं।

यक्ष

संस्कृत पुल्लिंग एकवचन: यक्ष
संस्कृत स्त्रीलिंग एकवचन: यक्षी या यक्षिणी
संबंधित विषय: हिंदू धर्म आत्मा प्रकृति आत्मा

यक्षों को अक्सर किसी शहर, जिले, झील या कुएं के संरक्षक देवता के रूप में श्रद्धांजलि दी जाती थी। उनकी पूजा, नागाओं (सर्प देवताओं), स्त्री प्रजनन देवताओं और मातृ देवियों में लोकप्रिय विश्वास के साथ, भारत के प्रारंभिक स्वदेशी लोगों के बीच हुई होगी। यक्ष पूजा वैदिक काल के पुजारी द्वारा आयोजित बलिदानों के साथ सह-अस्तित्व में थी।

कला में, यक्षों की मूर्तियां सबसे पहले चित्रित किए जाने वाले देवताओं में से थीं, जो स्पष्ट रूप से बोधिसत्वों और ब्राह्मण देवताओं की छवियों से पहले थीं, जिनके प्रतिनिधित्व को उन्होंने प्रभावित किया था। वे बाद की हिंदू, बौद्ध और जैन कला में देवताओं और राजाओं के परिचारकों के प्रोटोटाइप भी थे।

britannica encyclopedia

بسم الله الرحمان الرحيم

- कुल आऊजू बि-रब्बिल फलक

  (ऐ रसूल-स.अ.व) आप कह दो कि मैं सुबह के मालिक की पनाह लेता हूँ

- मिन शररी मा खलक

  उसकी सब मख़लूक के शरर से

- व मिन शररी गासिकिन इजा वकब

  और अँधेरी डालने वाले के शरर से जब वो डूबे

- व मिन शररीन नफफा-साति फिल उकद

  और उन औरतों के शरर से जो गिरहों में फूंकती हैं

- व मिन शररी हासिदीन इजा हसद

  और हसद करने वालों के शरर से जब वो मुजसे जले

सूरा फलक की तफ़सीर

अर्थात अल्लाह से यह दुआ (प्रार्थना) किया करो और उसकी पनाह (शरण) इन कलिमात (वाक्यों) से मांगा करो । सम्बोधन नबी सल्लल्लाहु अलैहि वसल्लम से है और आप (सल्ल .) के माध्यम से हर उस व्यक्ति से जो कुरआन पर ईमान लाया हो ।

पनाह के अर्थ , सुरक्षा , बचाव और शरण के हैं । और पनाह मांगने से मुराद अपनी सुरक्षा के लिए पनाह देने वाली हस्ती से दुआ करना , उसकी तरफ पलटना , उसकी ओर झुकना उसकी स्नेही एंव दयालुता की छत्र छाया ढूंढना और उसके सहारे को मजबूती के साथ थाम लेना है । अतः यहां अऊजु ' ' (मैं पनाह मांगता हूँ का मतलब यह है कि मैं खुदा को एकमात्र पनाह देने वाला मान कर उस की सुरक्षा में दे देता हूं , वही हर तरह के शर (बुराई मुसीबत , फितनों) से बचाने वाला है और मैं उसी से बन्दगी का सम्बन्ध बनाता हूँ ।

ध्यान रहे कि किसी को सही मानों में पनाह देने वाला समझना उसको खुदा करार देता है , इस लिए अल्लाह के सिवा किसी की पनाह मांगना जैसा कि मुशिकीन (बहुदेववादी) देवी देवताओं की पनाह मांगते हैं , खुला शिर्क है ।

. अर्थात जो रात के अंधकार का पर्दा चीर कर सुबह प्रकट करता है जैसा कि दूसरी जगह इरशाद हुआ है । (रात के अंधकार को फाड़ कर सुबह प्रकट • करने वाला । अल् - अन्आम : 96) यहां अल्लाह के रूबूबिय्यत की सिफ़्त के साथ उसकी कुदरत के इस करिश्मे का ज़िक्र इन अर्थों में है कि गोया पनाह लेने वाला अपने इस विश्वास और संतोष को व्यक्त कर रहा है कि जो हस्ती अंधकार को फाड़ सुबह को अस्तित्व में लाती है वह निराशाजनक स्थिति में आशा की किरण भी पैदा करेगी और फितनो (शर) की भरमार को छांट कर शांति और सुरक्षा की राह भी खोलेगी ।

इस आयत पर गौर करने से निम्न लिखित बातों का पता चलता है ।

(1) सारी चीजें अल्लाह ही की पैदा की हुई हैं । खालिक (सृष्टा) तन्हा वही है और मालिक भी वही इस लिए कोई चीज भी कायनात के पैदा करने वाले से अधिक शक्तिशाली नहीं हो सकती अतः मखलूक (सृष्टि) के शर (फ़ितनों) से बचने के लिए खालिक की पनाह ढूंढना ही सही तरीका है । इसके विरुद्ध मखलूक (सृष्टि) के शर (फितनों) से बचाने के लिए मखलूक ही की दुहाई देना चाहे इस मकसद के लिए किसी देवी देवता को पुकारे या किसी ' ग़ोस ' और ' वली ' को सरासर मूर्खता और एकदम ग़लत है । "

(2) " जो कुछ उसने पैदा किया उस के शर से का मतलब यह नहीं है कि उसकी पैदा की हुई हर चीज़ में निश्चित रूप से शर (फितने) का पहलू है बल्कि मतलब यह है कि उसकी पैदा की हुई चीज़ों में जो चीजें भी अपने अन्दर शर का कोई पहलू रखती है उन सब के शर से ख़ुदा की पनाह मांगता हूं ।

(3) कोई चीज़ भी स्वयं अपने आप में प्रभाव पूर्ण नहीं है और न कोई घर खुद ब खुद किसी के साथ हो जाता है बल्कि चीज़ अल्लाह के हुक्म ही से प्रभाव जमाती है और जिस किसी के साथ कोई शर लग जाता है , उसके हुका से होता है । इस लिए शर से बचने के लिए उसी से प्रार्थना (दुआ) करना चाहिए ।

(4) शर से मुराद महसूस होने वाली आफ़ते और बलाएं भी हैं और आन्तरिक हानियां और गुमराहियां भी । पहली चीज़ की मिसाल बीमारियां और कष्ट हैं और दूसरी चीज़ की मिसाल गुनाह एंव कुफर शिर्क है । आयतों के संदर्भ (Context) के अनुसार शर का यह दूसरा पहलू खास तौर से मुराद है और इस का अनुमोदन (ताईद) इस बात से भी होता है कि मुआव्धिजतैन को कुरआन के बिलकुल अन्त में रखा गया है । यह गोया इस बात की ओर संकेत है कि कुर्मान के द्वारा जिस हिदायत से पुरस्कृत एंव सुसज्जित किया गया है उसकी हिफाजत के सिलसिले में चौकन्ना रहने की जरुरत है ताकि फितने को प्रिय रखने वाली ताकते प्रभावित न होने पाये और भटकाने में कामयाब न हो । 5. पिछली आयत में मखलूकों (सृष्टियों) के शर से पनाह मांगने का वर्णन सामान्य रूप से हुआ है । अब कुछ विशेष चीज़ों के शर से पनाह मांगने की हिदायत विशेष रूप से की जा रही हैं ।

रात आती है तो अंधेरा छा जाता है और उस अंधकार में उपद्रवी तत्वों और शैतानी शक्तियों को उभरने का मौका मिलता है । प्रत्यक्ष और शारीरिक आफ़तों के एतिवार से बीमारियां रात में बढ़ती हैं और खतरनाक जानवर रात में " निकलते हैं । मतलब यह कि रात को डर और भय का माहौल रहता है । रही आन्तरिक और नैतिक (अब्लाकी) आफ़ते तो रात में अपराध अधिकता के साथ होते हैं ।

उक़द. " (गांठों) से तात्पर्य वह गांठें हैं जो इंसान के शऊर (विवेक) और उसके हवास (चेतना इंद्रियों) पर लगा कर के उसे गाफिल और मदहोश बना देते हैं अतः सहीहैन (दो सही हदीस के उल्लेख कर्ताओं) की हदीस है कि नबी सल्लल्लाहू अलेही वसल्लम ने फरमाया:

जब तुम में से कोई सोता है जो उसके सर के पिछले हिस्से पर शैतान तीन गांठ लगाता है और हर गाँठ के साथ यह बात भी अंकित कर देता है कि अभी रात लंबी है। फिर जब वह

व्यक्ति जाग उठता है और अल्लाह को याद करता है तो एक गाँठ खुल जाती है और जब वजू करता है तो दूसरे भी खुल जाती है और जब नमाज पढ़ता है तो तीसरी भी खुल जाती है । और सुबह को वह बिल्कुल ताजादम और पाकीजा नफ्स होता है । दूसरी सूरत में वह सुबह को सुस्त , कसमसाहट और शुद्धता एवं अपवित्रता के मनोदशा में होता है ।

(मुस्लिम किताब सलातुल मुसाफिरीन)

यह शैतान द्वारा इंसान को गफलत में डालने की एक मिसाल है जो हदीस में प्रस्तुत की गई है इससे शैतानी विचारों का अनायास ही मन उत्पन्न होने उसकी हरकतों और उसके हम लोग का आसानी से अंदाजा लगाया जा सकता है।

नफ्फासात का लफ्ज़ नफ्स से है जिसका अर्थ है फूंकना । हदीस में शैतानी क्रिया के उत्पन्न होने को शैतान के नफ्स से ताबीर किया गया है

मैं अल्लाह की पनाह मांगता हूं शैतान के नफ्ख और उसके नफ्स और उसके हम्ज से।

इस हदीस के रावी (उल्लेखकर्ता) इब्नेमुर्रा ने इन तीनों अल्फाज की व्याख्या इस तरह की है कि शैतान के नफ्स से मुराद शेर (दोहा) उसके नफ्ख से मुराद घमंड, बढ़ाई और उसके हम्ज से मुराद जुनून (पागलपन) है।

(अबू दावत किताब सलात प्रश्न 650)

नफ्फासात स्त्रीलिंग का बहुवचन है और अतिशयोक्ति के छंद पर है। यह नुफूस (आत्माओं) की सिफत (विशेषण Adjective) है इसलिए अरबी व्याकरण के अनुसार स्त्रीलिंग है । अर्थात यह नुफूस (आत्माएं) जो फूंकने के आदी है । इससे तात्पर्य शैतानी आत्माएं (नुफूस) है जो अपनी उत्प्रेरणा द्वारा अनायास इन्सान के विवेक (शऊर) और उसकी चेतना एवं इन्द्रियों को प्रभावित कर देती है । ऊपर हदीस में शैतान के गांठ बांधने का जो जिक हुआ है उसमें भी यह बात बयान हुई है कि वह हर गांठ के साथ यह भी अंकित कर देता है कि अभी रात लंबी है। यह वास्तव में शैतान का इस गांठ में नफ्स (फूंकना) ही है।

इन हदीसो की रोशनी में आयत का मतलब यह है कि शैतान अपनी उत्प्रेरणा (Inspiration) द्वारा उसकी चेतना विवेक और इन्डियों को प्रभावित कर के उसे गफलत अचेतना, मदहोशी और मनोवैज्ञानिक रोगों का शिकार बनाते हैं और बुरी एंव गुमराह करने वाली बातें सुझा देते हैं।उन के इस शर (फितने) से खुदा की पनाह मांगी गयी है। यह शैतानी उत्प्रेरणा शायरी के रूप में भी हो सकती है और जादू के रूप में थी । लच्छेदार बातों की शक्ल में भी हो सकती है । और गाने की शक्ल में भी। इसलिए कोई कारण नही कि इस को किसी एक ही रूप में सीमित समझा जाये ।

सिफली अमल (Black Magic या वशीकरण) करने वालो के यहाँ तो गन्डो में फूंक मारने का तरीका पहले ही से चला आ रहा है । है । जादू और टोने टोटके करने वाले शैतानों की मदद से यह दुष्ट कर्म अंजाम देते हैं और लोगों के लिए गुमराही का सामान करते हैं और आजकल हिप्नोटिज्म (Hypnotism) के द्वारा भी इन्सान की चेतना उसके विवेक और उसकी इन्द्रियों को प्रभावित करने की कोशिश की जाती है । यह सब शैतानी दुष्कर्म की

विभिन्न सूरतें हैं । इस तरह की तकलीफों और मुसीबतों से बचने का सही तरीका यही है कि अल्लाह की पनाह ली जाए और इस बात पर दृढ़ विश्वास रखा जाए कि उसकी आज्ञा के बिना कोई चीज चोट और छति नहीं पहुंचा सकती ।

आमतौर से मुफस्सिरीन (टीकाकार) इस आयत के अंतर्गत नबी सल्लल्लाहो वाले वसल्लम पर जादू की रिवायत नकल करते हैं जिसका सारांश यह है कि मदीना में एक यहूदी ने या एक मुनाफिक जो यहूद का हलीफ़ (सहप्रतिज्ञ , मित्र) था और जिसका नाम लबीद विन आसिम था , आप की कंधी के बालों में जादू कर के इसको एक कुंए के अन्दर पत्थर के नीचे दबा दिया था । इस जादू के प्रभाव से आप बीमार हुए और यह दशा हुई कि किसी काम के प्रति यह समझते कि कर लिया है लेकिन नहीं किया होता । कुछ रिवायतों (उल्लेखों) के अनुसार 6 माह तक आप पर इसका असर रहा इसके बाद आप (सल्ल .) को वह्य द्वारा सूचित किया गया और मुऔव्विजतैन अर्थात् कुल अऊजुविराब्विल फलक एवं कुल अऊजुविरब्बिन्नास पढ़ने की हिदायत हुई जिस से आप अच्छे हो गये ।

<u>यह रिवायत बुखारी मुस्लिम और दूसरी हदीस की किताबों में नकल हुई है किन्तु कुछ कारणवश यह स्वीकार योग्य नहीं :</u>

पहली बात यह कि यह रिवायत कुरआन से टकराती है , क्योंकि कुरआन ने कुफ्फार के इस इल्ज़ाम को ग़लत बताया है कि नवी जादू से पीड़ित है ।

(जालिम कहते हैं कि तुम लोग तो एक ऐसे आदमी के पीछे चल रहे हो जो जादू से पीड़ित है)

(बनी इस्राइल 47)

अर्थात कुरआन जिस बात को गलत बता रहा है यह रिवायत उसी को सही साबित कर रही है । इसका जवाब इस रिवायत पर यकीन करने वाले उलेमा (विद्वान) यह देते हैं । कि नबी पर जादू का असर हो सकता है जिस तरह हजरत मूसा को जादूगरों की रस्सियों और लाठियों के बारे में ख़याल हुआ था कि वह सांप की तरह दौड़ रही हैं , (सूरह ताहा : (66) रहा कुफ्फार का इल्ज़ाम कि नवी एक जादू से पीड़ित व्यक्ति है तो यह इस अर्थ में था कि किसी जादूगर ने आप को पागल बना दिया है जिस को कुरआन ने गलत बताया । यह कहते हैं कि " जादू का असर मुहम्मद (सल्लल्लाहु अलैहि वसल्लम) के अस्तित्व पर हुआ था उनकी नुबुव्वत इस से बिलकुल अप्रभावित रही । लेकिन यह जवाब मात्र एक धोखा है क्योंकि रिवायत में जादू का यह असर वयान किया गया है कि आप (सल्ल .) किसी काम के प्रति यह समझते कि कर लिया लेकिन नहीं किया होता । अर्थात जादू का असर मआजल्लाह आप के ज़ेहन पर हुआ था । और यह भी कई माह तक बाकी रहा एवं आप (सल्ल .) को इस की खबर उस समय हुई जब कि अल्लाह की वह्य ने आप को सूचित किया जब कि हजरत मूसा का जादूगरों की रस्सियों और लाठियों को सांप के रूप में देखना क्षणिक था और उन को यह मालूम था कि ये रस्सियां और लाठियां हक़ीक़त में सांप नहीं है बल्कि सांप के रूप में दिखायी दे रही हैं । इसलिए इसके देखने से उनको धोखा नहीं हुआ । फिर यह कोई बीमारी नहीं थी जिसमें हज़रत मूसा मुब्तिला हुए हों इस लिए

रिवायत में बयान की गयी जादू की घटनाओं को हज़रत मूसा की घटना जैसा समझना अतर्क संगत है । दूसरी बात यह कि इस घटना को मान लेने से अंबिया की इस्मत (नबियों की पवित्रता) पर दोष आता है क्योंकि रिवायत में जादू असर मात्र शरीर पर नहीं बल्कि मस्तिष्क पर भी बताया गया है । स्पष्ट है यह बात नबी के श्रेष्ठतम पद के बिलकुल विपरीत है । इसलिए यह दलील व्यर्थ है कि यदि आप जख्मी हो सकते थे और बीमार हो सकते थे तो आप पर जादू का असर भी हो सकता था ।

नबियों की इस्मत अर्थात नबियों की मासूमियत , उनकी पवित्रता का मसला सभी के नज़दीक माननीय है और कुरआन एंव सुन्नत से यही सावित होता है । अतः ऐसी रिवायत जो नबी के श्रेष्ठतम पद के विपरीत हो वह हरगिज विश्वस्नीय नहीं हो सकती चाहे वह बुखारी की रिवायत हो या मुस्लिम की ।

तीसरी बात यह कि जहां तक रिवायत के सिलसिले का मामला है इस में एक रावी (उल्लेखकर्ता) हश्शाम है जो यद्यपि विश्वासपात्र हैं किन्तु अल्लामा इन्हें हजर ने तहज़ीबुतहजीव में उन के बारे में एक बात यह भी नकल की है कि वह इराक़ जाने के बाद अधिकता के साथ अपने वालिद से रिवायत (उल्लेख) करने लगे थे जिस पर इराक़ वालो ने अप्रसन्नता व्यक्त की थी एंव यह कि मालिक ने इन की उन हदीसों पर जो वह इराक़ वालों के माध्यम से बयान करते थे , नकारते थे । वह तीन बार कूफ़ा आये थे । पहली बार वह इस तरह रिवायत करते "

मेरे वालिद ने मुझ से वयान किया कि उन्होंने हज़रत आइशा (रजि .) को फ़रमाते हुए सुना और दूसरी बार आये तो इस तरह रिवायत करने लगे " मुझे मेरे वालिद ने खबर दी कि हजरत आइशा (रजि .) से रिवायत है । " और तीसरी बार आये तो इन अल्फाज़ में रिवायत करने लगे । मेरे वालिद ने आइशा से रिवायत की है " (तहजीबुतहजीव भाग 11 पृष्ठ 50) इस से यह अन्दाजा होता है कि हश्शाम यद्यपि विश्वस्नीय उल्लेखफर्ता (सिक : रावी) थे किन्तु उल्लेख करने में कुछ असावधानी भी उन से होने लगी थी । ऐसी सूरत में उनकी नबी सल्लल्लाहु अलैहि वसल्लम पर जादू वाली रिवायत को जो एक बहुत बड़े मसले में है , उन की असावधानी क्यों न समझा जाये ?

चौथी बात यह कि रिवायत के सिलसिले (हम) में एक रावी सुफ़ियान बिन उथैन : हैं जो यह स्वीकार करते हैं कि मैंने इसे इब्ने जुरैह से पहली बार सुना । इस पर मौलाना अमीन अहसन साहब की यह आलोचना बिलकुल उचित है कि :

 गोया इस वाकिज : ने नबी सल्लल्लाहु अलैहि वसल्लम के विसाल (अल्लाह से जा मिलने) के सौ साल बाद शोहरत पायी । इस से पहले इस का इल्म सिर्फ बाज (कुछ) अफ़राद तक महदूद रहा । हर शख्त समझ सकता है । कि अलइयाज़ विल्लाह अगर हुज़ूर सल्लल्लाहु अलैहि वसल्लम 6 माह तक मसहूर (जादू से पीड़ित) रहे होते तो यह वाकिअ : इतना और मामूली (असाधारण) था कि सद अव्वल (पहले दौर) ही में इस का चर्चा होता और यह रिवायत एक मुतवातिर (क्रमबद्ध) रिवायत की हैसियत से हम तक पहुंचती । "

(तदब्बुरे क़ुरआन भाग 9 पृष्ठ 666)

बात लम्बी न हो जाये इसलिए हम इन चन्द कारणों के बयान को काफ़ी समझते हुए बस करते हैं अलबता यहाँ उन मुफ़स्सिरीन (टीकाकारों) के बयानात के कुछ इक्तिबासात (उद्धरण) नकल करेंगे जिन्होंने ने पूरे जोर के साथ जादू वाली रिवायत को रद्द कर दिया है । मशहूर मुफ़स्सिर अल्लामा अबु बक्र जस्सास अपनी तफ़्सीर " अहकामुल क़ुआन " में फ़रमाते हैं : 4 '

और लोगों ने जादू के अमल से भी ज्यादा बड़ी और हौलनाक बात जायज करार दी है । अतः उनका ख्याल है कि नवी सल्लल्लाहु अलैहि वसल्लम पर जादू किया गया था और इस का असर भी आप पर हुआ था । यहाँ तक कि आप ने फ़रमाया था कि मुझे ऐसा खयाल होता है कि मैं कोई बात कह रहा हूं और कर रहा हूं जब कि मैंने न वह बात कही होती है और न की होती है । और एक यहूदी औरत ने आप पर खजूर के छिलके के अन्दर कंधी और वालों में कर दिया था यहां तक कि आप के पास जिब्रील अलैहिस्सलाम तशरीफ़ लाये और आप को खबर दी कि उस औरत ने खजूर के छिलके के अन्दर जादू कर दिया है और वह कुएं के पत्थर के नीचे हैं तो आप ने उस को निकलवाया और नवी सल्लल्लाहु अलैहि वसल्लम पर से उसका असर समाप्त हो गया । हालांकि अल्लाह ने नवी सल्लल्लाहु अलैहि वसल्लम से सम्बन्धित काफिरों के दावे को झुठलाते हुए फरमाया है ।
(और जालिम कहते हैं कि तुम एक ऐसे आदमी के पीछे चल रहे हो जिस पर जादू कर दिया गया है । इस तरह की हदीसे दर हकीकत मुलाहिदों (नास्तिको) की गढ़ी हुई है ।
(अहकामुक्त क़ुरआन भाग 1 पृष्ठ 55)

सैयद क़ुत्ब अपनी तफसीर ' फी जिलालिल क़ुआन " में फरमाते हैं : लेकिन यह रिवायतें अमल और तबलीग के मामले में वास्तव में इत्मते नवी (नवी की पवित्रता) के खिलाफ़ है । और इस पर विश्वास कर लेने के साथ आप का हर काम और हर क़ौल सुन्नत और शरीअत है यह दुरस्त नहीं करार पाती एवं ये रिवायतें क़ुआन के उस बयान से भी टकराती है जिस में रसूलुल्लाह सल्लल्लाहु अलैहि वसल्लम के जादू प्रस्त होने का खण्डन किया गया है और मुश्किीन के इस गलत दावे की झूट करार दिया गया है । इस आधार पर ये रिवायतें खयालों में जगह नहीं पा सकती एवं इक्का दुक्का खबर को अकीदे के मसले में क़ुबूल नहीं किया जा सकता है और अक़ीदे के मामले में हदीसों को क़ुबूल करने के लिए तचातुर (कम एवं निरंतरता) शर्त है जब कि ये रियायते मुतवातिर (क्रमबध्ध अथवा निरंतर) नहीं है । इसके अलावा इन दोनों सूरतों का अवतरण बेहतर कौल (वरीय कथन) के अनुसार मक्का में हुआ था।
(फी जिंलालुल क़ुआन भाग 6 पृष्ठ 4009)

और मौलाना अमीन अहसन इस्लाह लिखते हैं "
 अगर चे दावा यह किया जाता है कि इस जादू का कोई असर आप के फराइजें नुबुवत (नुबुवत के कर्तव्यों) पर नहीं पड़ा लेकिन साथ ही निहायत सादा लौही (बड़े भोले पन) से यह एतिराफ भी कर लिया गया है कि इस का असर हुजुर सल्लल्लाहु अलैहि वसल्लम पर

यह पड़ा कि आप घुलते जा रहे थे , किसी काम के मुतान्लिक ख्याल फरमाते कि कर लिया है लेकिन नहीं किया होता मेरे नजदीक इस शाने नुकूल को रद्द करने के लिए यह दलील काफी है कि यह उस मुसलमान संपूर्ण सुरक्षित को स्वीकृति दे के बिल्कुल मनाफी (विपरीत) है जो कुरान ने अंबिया अलैहिस्सलाम के मुताबिक हमें तालीम किया है। इस्मत हजराते अंबिया (अलेहिमुस्सलाम) की उन खुसूसियत में से हैं जो किसी वक्त भी उनके मुत्फक (जुदा) नहीं हो सकती। इस उम्मत को इस अम्र (बात अथवा काम) से कोई नुकसान नहीं पहुंचता की नबी के दद्दांने मुबारक शहीद हो गए या वह जख्मी हो गया या वह कत्ल कर दिया गया । इनमें से कोई चीज़ भी उसके नबूवत में कांदेह (रोड़ा ,विपरीत) नहीं है कि इसको आप इस अम्र की दलील बनाएं कि जब नबी इन चीजों में मुब्तिला हो सकता है तो मसहूर (जादू ग्रस्त) भी हो सकता है यहां तक कि उसको करदा और ना करदा दीदा और ना दीदा करने और ना करने देखने और ना देखने में कोई इम्तियाज फर्क ही बाकी नहीं रह जाता अल्लाह ताला ने इस तरह के शैतानी तसरूफात (उथल-पुथल) से अपने नबियों को महफूज रखा है और उनकी यह महफूजियत नबी के हर कौल व फेल (कथनी और करनी) को सनद बनाती है । पूरा कुरान अंबिया की इस्मत पर गवाह है और हर मुसलमान पर वाजिब है कि वह उनकी इस्मत पर ईमान रखें।
(तदब्बुरे कुरआन भाग 8 पृ 665-606)
इन मुफस्सिरीन (टीकाकारों) के उक्त बयानों से जादू की घटना और रिवायत की हकीकत स्पष्ट हो जाती है । लेकिन आश्चर्य है कि लोगों को जितनी दिलचस्पी एक .. रिवायत को सही कर दिखाने से है उतनी दिलचस्पी उन्हें बात से नहीं कि इसका इस्मते अंबिया (नबियों की पवित्रता) पर क्या असर पड़ता है । यह रिवायत परस्ती नही तो और क्या है ?

6. हसद (ईर्ष्या) का मतलब यह है कि अगर अल्लाह तआला ने किसी व्यक्ति को अपनी किसी नेमत या फजीलत (श्रेष्ठता) से नवाजा है तो दूसरा व्यक्ति उस पर जलने लगे और इस की इच्छा रखे कि वह उससे छिन जाये । और हासिद (ईर्ष्या करने वाला) जब हसद (ईर्ष्या) करे " का मतलब यह है कि हासिद जब हासिदाना (ईर्ष्यापूर्ण) कार्रवाई करने लगे और ईर्ष्या के जोश में कोई कदम उठा बैठे और बैठे ऐसे मौके पर उसके शर (फितने) उसकी यात्राओं और उसकी पीड़ा से बचने के लिए अल्लाह की पनाह मांगना चाहिए । हासिद (ईर्ष्या करने वाले) का लफ्ज़ यद्यपि सब पर लागू होता है किन्तु यह भी एक उभरी हुई हकीकत है कि हसद ईर्ष्या की शुरुआत शैतान से ही हुई है।
जब कि अल्लाह तआला ने आदम को पैदा करके जमीन की खिलाफत प्रतिनिधित्व का ताज उसके सर पर रखा था।
इसी -फजीलत (श्रेष्ठता के आधार पर शैतान इन्सान का दुश्मन बन गया और शैतान चाहता है कि इन्सान भटक जाये ।
कुरान में यहूदियों के हसद का भी खास तौर से जिक्र हुआ है।

बहुत से अहले किताब यह चाहते हैं कि वह तुम्हारे ईमान लाने के बाद फिर तुम्हें कुफ्र की तरफ पलटा ले जाए मात्र अपने नफ्श की हसद के कारण(Al-baqara 109) मक्का के काफिरों को भी नबी सल्लल्लाहू अलेही वसल्लम से इस आधार पर हसद ईर्ष्या था कि मक्का और टाइफ के सरदारों को छोड़कर आपको क्यों नबूवत के लिए चुना गया। वह कहते थे यह कुरान दोनों शहरों के धन वालों में से किसी बड़े आदमी पर क्यों नहीं नाजिल किया गया ।(अज जूख़फ:३१)

यह ईर्ष्या की आग थी कि जिसने इन्हें नबी सल्लल्लाहु अलैहि वसल्लम का दुश्मन बना दिया था और वह नहीं चाहते थे कि यह ईमान लाने वालों पर उनके रब की तरफ से कोई भलाई नाजिल हो ।

जिन लोगों ने कुफ्र(इनकार) किया चाहे वह अहले किताब हो या मुश्रिक नहीं चाहते कि तुम्हारे रब की तरफ से तुम पर कोई हर भलाई नाजिल हो। (al-baqara 105)

कुल मिलाकर आयत का मंशा यह है कि एक मोमिन को जब कभी किसी हासिद(ईर्ष्या करने वाले) से मामला पेश आए तो वह उसके फितनों से बचने के लिए खुदा की पनाह मांगे। इस तरह वह अपने गुस्से को भी काबू में रख सकेगा और खुदा की मदद का भी योग्य अधिकारी होगा।

कुरान की समाप्ति पर हासिद के शर (फितनों) से पनाह मांगने की जो हिदायत दी गई है उससे एक अहम बात की तरफ इशारा निकलता है कि और वह यह है कि ईमान लाने वाले खूब समझ ले इस हिदायत की किताब को पाकर उन्हें बड़ी नेमत और बड़ा सम्मान प्राप्त हुआ है । इस पर उनके दुश्मनों का उन्हें ईर्ष्यालु दृष्टि (हासिदाना निगाहों) से देखना और तौहीद से, जो हिदायत की असल बुनियाद है उन्हें रोकने के लिए एड़ी चोटी का जोर लगाना हरगिज़ आश्चर्यजनक नहीं, आत: उन्हें चाहिए कि अपने हासिदो (ईर्ष्या करने वालों) की शरारतों और उनके षणयन्त्रो की तरफ से चौंकन्ने रहे और उनके फितनों से बचने के लिए अल्लाह का सहारा ले।

संदर्भ–दअ्वतुल कुरआन,भाग-3,शम्स पीरजादा, मुम्बई।

तफ्सीर अबू बक्र अल-जज़ैरी (जन्म 1921 ई.)
अबू बक्र अल-जज़ाइरी (मृत्यु 2018 ई.) के शब्दों की असर अल-तफ़सीर की व्याख्या।
शब्द स्पष्टीकरण:

मैं शरण चाहता हूं: यानी, मैं सुरक्षा चाहता हूं और खुद को मजबूत करता हूं।

अल-फ़लाक़: मतलब सुबह।

उसने जो कुछ बनाया उसकी बुराई से: जानवरों और निर्जीव वस्तुओं से।

अँधेरा हो जाए तो अँधेरा: मतलब अँधेरा हो जाए तो रात या अँधेरा हो जाए तो चाँद।

फूंकने वाली : यानी फूंक मारने वाली डायनें।

अनुबंध में: यानी, उन अनुबंधों में जो वे संपन्न करते हैं।

एक ईर्ष्यालु व्यक्ति ईर्ष्यालु होता है: अर्थात, यदि वह अपनी ईर्ष्या दिखाता है और उस पर कार्य करता है।

श्लोक का अर्थ:सर्वशक्तिमान ईश्वर का यह कथन: "कहो, मैं अल-फ़लक के भगवान की शरण चाहता हूँ" का अर्थ है कि जब यहूदी लाबिद इब्न मैसम ने पैगंबर को मोहित किया, तो ईश्वर उन्हें आशीर्वाद दें और उन्हें शांति प्रदान करें, सर्वशक्तिमान ने दो ओझाओं को प्रकट किया, और गेब्रियल ने उसे अपने साथ अलग कर दिया, इसलिए भगवान सर्वशक्तिमान ने उसे ठीक कर दिया। इसलिए, दो सूरह मेदिनी सूरह हैं, और उनके सर्वशक्तिमान का कहना है: "कहो, मैं अल-फलक के भगवान की शरण चाहता हूं" जिसका अर्थ है, "कहो, 'हे हमारे दूत , मैं शरण चाहता हूं', यानी, मैं सुरक्षा चाहता हूं और आता हूं।' फोर्ट बारब अल-फाल्क, जो सर्वशक्तिमान ईश्वर है, क्योंकि वह वही है जो सुबह को अलग करता है और प्यार और नाभिक को अलग करता है, और उसके अलावा कोई भी ऐसा नहीं कर सकता है उनकी शक्ति की महानता और उनके ज्ञान की व्यापकता के कारण। {उसने जो बनाया उसकी बुराई से} अर्थात, सर्वशक्तिमान ईश्वर ने जो प्राणी बनाए, उसकी बुराई से, मनुष्य जैसे महंगे जानवर से, और अन्य सभी जानवरों की तरह एक बोझिल जानवर से, और निर्जीव वस्तुओं से, जिसका अर्थ है प्रत्येक दुष्ट प्राणी की बुराई, जिसमें वे और अन्य सभी प्राणी भी शामिल हैं। और उनका कहना है, "और अँधेरे की बुराई से जब वह निकट आता है," का अर्थ है वह रात जब अँधेरा हो जाता है और चंद्रमा जब अस्त हो जाता है, चूँकि रात के प्रवेश के साथ अँधेरा या चंद्रमा की अनुपस्थिति का अर्थ है ज़हरीलेपन का उदय साँप, शिकारी जानवर, और डकैती, चोरी, और बुराई और भ्रष्टाचार की इच्छा पर नज़र रखने वाले समूह। और सर्वशक्तिमान ईश्वर कहता है: "और गांठों पर फूंक मारने की बुराई से" अर्थात, "और चुड़ैलों की बुराई से अलग करने के लिए भगवान की शरण मांगो," और वे महिलाएं हैं जो हर गांठ पर फूंक मारती हैं, और वे प्रदर्शन करती हैं इस पर रुक़्याह करो और इसे बांध दो. और फूंकना मुंह से लार के बिना हवा को बाहर निकालना है, और इसलिए यह बताया गया है कि जो कोई गांठ बांधता है और उसमें फूंक मारता है वह जादू टोना करता है।

कूफ़ी लिपि में 'कलमा'

नये देशों में नये वर्णों का जन्म

ईरान की फ़ारसी में	गाफ़=ग ; ज़ाल=ज़ ; चे=च ; पे=प
अफ़ग़ानिस्तान की पश्तो व दरी में	त , भ , द्स , स , दज़ , ड़ , ज
भारत की उर्दू में	गाफ़ क़ाफ़ चीम जीम पे भे टे डाल ड़े ग क च ज प ऋ ट ड ड़
मैलेशिया की मैले में	न अं

अरबी लिपि का इतिहास (उत्पति एवं विकास)

लिपि- नबात देश की आयु लगभग ३०० वर्ष की रही यह सिनाइ के पूर्व में तथा अरेबिया के उत्तर पश्चिम में स्थित था । मध्य अरेबिया में ई० पू० की पांचवीं श० में एक पर्यटनशील जाति निवास करती थी । इसके मुख्य केन्द्र तेमा तथा मैदाने सालिब थे । इन्होंने सिनाई की ओर स्थानान्तरण किया और एडोम के निवासियों से युद्ध करके तथा उनको वहाँ से निकाल कर स्वयं यस गये । पेट्रा की एक पहाड़ों पर दुर्ग का निर्माण किया अपना व्यापार तथा कुछ लूटमार का कार्य अपनी उदरपूर्ति के लिए आरम्भ कर दिया । ३१२ ई० पू० में सिकन्दर के एक सेनापति एण्टीगोनस ने इस दुर्ग पर तथा पेट्रा के नगर पर आक्रमण किया । तत्पश्चात् जब यह जाति सम्पन्न होने लगी तो इस जाति के लोगों ने एक राज्य का निर्माण किया । इसकी स्थापना 169 ई० पू० में हुई तथा पेट्रा इसकी राजधानी बना । ८५ ई० पू० में इस नवात देश के शासक अरतास ने हौरन (Hauran) तथा सीरिया की राजधानी को कुछ समय के लिए अपने अधीन रखा १०६ ई० सन् में रोम देश ने इस पर आक्रमण किया तथा भविष्य के लिए इसको इतिहास के पृष्ठों से लोप कर दिया । परन्तु इस देश की लिपि जीवित रही ।

मण्डायक लिपि- यह लिपि उन ईसाईयों की थी जो बसरा (ईराक़) के निकट शातेल अरब पर रहते थे । यह ईसाई अपने धर्म से ईसा की दूसरी श० में पृथक् हो गये थे क्योंकि वह अन्य देवताओं की भी पूजा करते थे । ईराक़ में आकर इनका नाम मण्डाइन , नाजरीनी , सेबियन आदि पड़ गया था । चौदहवीं श० में इनकी संख्या लगभग १४००० थीं अब बहुत कम रह गये हैं । सत्रहवीं श० में इनका नाम सेण्ट जॉन के त्रिश्चियन पड़ गया । इस जाति के नाम पर इस लिपि को भी मण्डायक , नाजरीनी वसवयन कहते हैं । यह लिपि धार्मिक पुस्तकों में ही दृष्टिगोचर होती है । इसका जन्म अरमायक तथा नब्ती से हुआ । इसकी भाषा अरमायक है ।

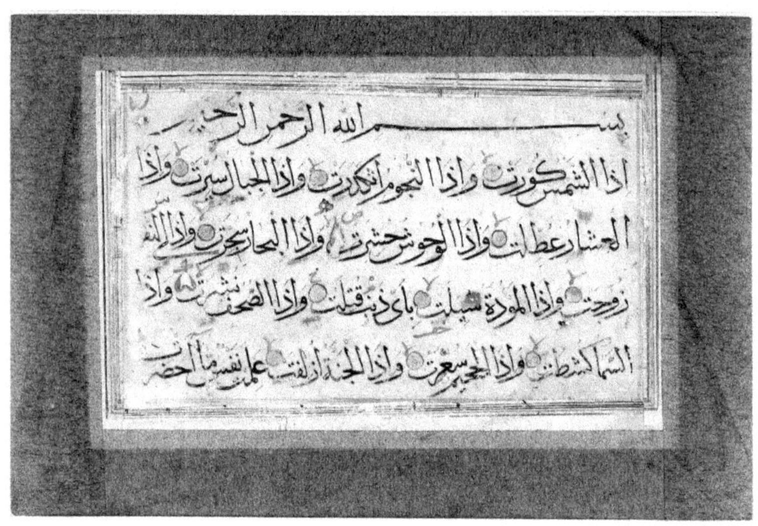

रेहानी लिपि (12 वीं शताब्दी)

लिहियानिक लिपि– : इस लिपि का नाम पश्चिम के विद्वानों ने लिहियानिक , लिथिनाइट तथा देदेनाइट रखा है । यह चट्टानों पर उत्कीर्ण किये हुए लेखनकला की तीन शाखाओं में से (यामुडिक , सफ़ायटिक तथा लिहियानिक) एक है । इस लिपि के अभिलेख १८८ ९ में हूबर , एण्टिग , याओसन तथा सैबिगनाक द्वारा उत्तरी अरेबिया के अलऊला तथा अल हिजर के नगरों से प्राप्त हुए । इनकी लेखन पद्धति दायें से बायें तथा बायें से दायें - दोनों ओर की मिली है । इन अभिलेखों का काल ई० पू ० के ४०० से २०० तक निर्धारित किया गया है । कुछ अभिलेख ७०० से ४०० तक के भी प्राप्त हुए हैं । इन अभिलेखों का रहस्योद्घाटन इमाइल रोडिगर तथा जेसेनियस ने किया था और जी ० रीकमन्स (G. Ryckmans) ने एक पुस्तक में संकलित किये हैं ।

ई० पू ० की दूसरी शताब्दी के आरम्भ के पश्चात् जब उत्तरी अरेबिया से नब्ती का विकास तथा प्रसार हुआ तब लिहियानिक का शनैः शनैः लोप होने लगा यह लिपि दक्षिण सेमिटिक वंश की मानी जाती है ।

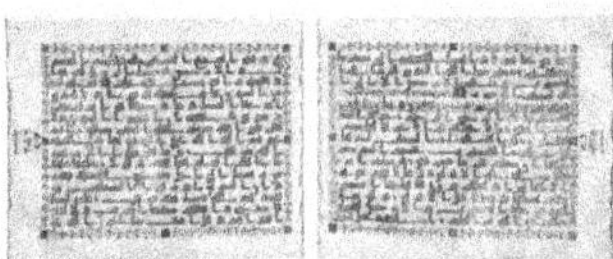

इस कुरान की पत्तियाँ सोने से लिखी हुई हैं और भूरे रंग की स्याही से बनाई गई हैं, जिनका स्वरूप क्षैतिज है। यह शास्त्रीय कुफिक सुलेख के लिए काफी उपयुक्त है, जो शुरुआती अब्बासिद खलीफाओं के तहत आम हो गया था।

الان يصلح لهم ورنسه و مساعد اسمها ولقد كان يسمع
لكم ان خلوا عطام ايايكم اليها فهونا هو من الرابع
في التلوي بهاو في حصة ناسه ويسمع جاره
في نجا تشرابل اليهود الدراهم منهم واذا كان
من الواحد عندكم ان يسمع درهم من معلم
على البيع العطار واساما كلها وان كان فاسد
فهو لكم من السوم والتسليم جريكم وللعار اللاحو
بكم وان ادمهم على العاسر وفهم على الرحجا
فعلم ان محمدا ورسلم عظم من اجل الذي
بعضها فعرفوا من هولنا كم في
انجنزلها وان فلم هو كلام الله الذي ياسر
صلت فيها ابطل فولكم تطمعسرهم
العقاد وامسده ولم يمكنا نصدقكم
ولا الرضا انه عرسه نساها او نابها الان
تعتقدوا انه رب واحد يسوع المسيح زاله الوحد
المساوي في الجوهر للاب والده مولود يخلق
لانه اذا لم يكن يسوع المسيح يخلق ما يشاو

सिनाइ की लिपियाँ-

परिचय

सिनाइ मिस्र तथा अरेबिया के मध्य एक प्रायद्वीप है । इस भूभाग में न कभी कोई राज्य था , न कोई राजधानी थी और न कोई राजा यहाँ न कभी इतनी जनसंख्या थी कि कोई राज्य स्थापित हो सके । यह भूभाग रेत से परिपूर्ण है । परन्तु फिर भी प्राचीन काल से बड़ा प्रसिद्ध रहा । इस स्थान को यहूदी , ईसाई तथा मुसलमान बड़ा पवित्र स्थान मानते हैं क्योंकि इसी सिनाइ के एक पहाड़ पर हजरत मूसा को भगवान् यहोवा के दर्शन प्रकाश के रूप में हुए और उनकी ओर से कुछ आज्ञायें प्राप्त हुई । इस पहाड़ को माउण्ट सिनाई (Mount Sinai व कोहेतूर) कहते हैं । यहीं पर हेब्रू जाति के लोगों का पड़ाव पड़ा था जब कि वे मिस्र को छोड़ कर ई ० पू ० तेरहवीं श ० में आये थे । इसके अतिरिक्त मिस्र तथा अन्य पश्चिमी देशों के मध्य स्थित होने के कारण यह स्थान दोनों ओर के देशों की संस्कृतियों को मिलाने में बड़ा प्रसिद्ध रहा है । यह सदैव मिस्र के अधीन रहा चाहे मिस्र पर किसी वंश का राज्य क्यों न रहा हो । यहाँ पर तांबे की खानें भी थीं और ई ० पू ० की सत्रहवीं श ० में इन खानों में बहुत से लोग जो इस स्थान के पूर्व व पश्चिम में निवास करते थे काम करते थे । यह काल सेमिटिक जाति के हिक्सस के राज्य का काल था जब वे मिस्र पर राज्य करते थे सिनाइ की प्राचीन लिपि इस लिपि के १५ शिलालेख एक विश्वविख्यात पुरातत्ववेता फ्लिण्डर्स पेट्री (Flinders Pearie) ने १ ९०४-५ के उत्खनन द्वारा प्राप्त किये इन शिलालेखों का काढ १८०० १६०० ई० पू ० माना गया है । अन्य सेमिटिक लिपियों की तरह इसमें भी स्वर चिह्न नहीं मिलते । इसको पढ़ने वाला स्वयं स्वरों को अर्थानुसार पढ़ते समय जोड़ लिया करता था । इसमें १ ९ चिह्न प्राप्त हुए थे उनका रहस्योद्घाटन ए ० यच ० गार्डिनर (AH Gardiner) द्वारा १ ९ १६ में किया गया इस लिपि में पहले ३२ चिह्न मिले परन्तु उनमें से इस लिपि के दो लघु अभिलेख दोनों ओर अंकित हैं । यह स्फिन्क्स ८ के केवल रूप भेद थे इस कारण वर्णमाला में २४ चिह्न दिये गये हैं । एक स्फिन्क्स (शरीर शेर का परन्तु सिर मनुष्य का) के प्रतिदर्श के ब्रिटिश संग्रहालय लन्दन (यु ० के ०) में सुरक्षित है । इन के दोनों अभिलेखों की दिशा बाई ओर से है ।

अरबी लिपि की अन्य शाखायें

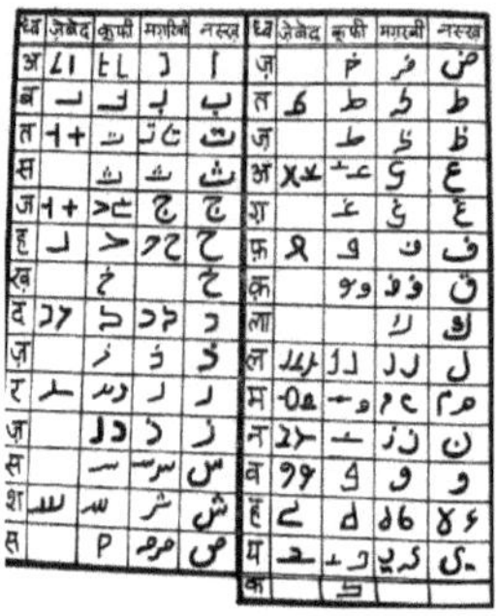

ध्व	जेनेद	कूफी	मगरबी	नस्ख	ध्व	जेनेद	कूफी	मगरबी	नस्ख
अ				ا	ज़				ض
ब				ب	त				ط
त				ت	ज़				ظ
स				ش	अ				ع
ज				ج	श				غ
ह				ح	फ़				ف
ख				ح	क़				ق
द				ر	ला				و
ज़				ذ	ल				ل
र				ر	म				م
ज़				ر	न				ن
स				س	व				و
श				ش	ह				ك
स				ص	म				ي
					क				

[1] सिनाइ की अरबी लिपि- इस लिपि को नवात तथा उसके निकट के अरव निवासी ईसा की लगभग पहली तथा तीसरी शताब्दी के मध्य उत्कीर्ण करते रहे । उत्कीर्ण करने वाले अधिकतर पर्यटनशील व्यापारी थे जो अपने काफिले के साथ स्वेज नहर से पूरब की ओर ७५ मील पर एक ग्राम अयुजिनेमा की उपत्यका में पड़ाव डाला करते थे । उत्कीर्ण की हुई चट्टानों के स्थान का नाम इसी कारण वादियेमुक्तव ' (लेखन की उपत्यका) पड़ गया । सर्वप्रथम फॉसमस (Cosmus) , जो सिकन्द्रिया का एक व्यापारी था लगभग ३०० वर्ष पूर्व भारत आया था । उसने यह मरुस्थान पैदल पार किया , तब उसने इन चट्टानों को देखा । अपने संस्मरण १७०७ में इटली में प्रकाशित कराये । तत्पश्चात् डा ० रिचर्ड पोकॉक (Richard Pococke) ने इन शिलालेखों की कुछ प्रतिलिपियाँ तैयार की । उसने समझा कि यह उत्कीर्ण कार्य उन हिब्रू लोगों का है जो ह ० मूसा के साथ सिनाई आये थे । तदनन्तर १८३० में जी ० यफ ० प्रे (GP Gray ( ) ने १७७ प्रतिलिपियाँ तैयार की जो एक पाक्षिक में प्रकाशित हुई तथा १८४० में एक जर्मन प्राच्यवेता ई ० यफ यफ बियर (BFP Beer) ने अपना एक शोध लेख प्रकाशित किया जिसमें अनेक विद्वानों के रहस्योद्घाटन के प्रयासों का वर्णन किया , उदाहरणार्थ पोकॉफ , मोन्तेग , नीम्हर , कॉन्वेली , रोजिएर बर्फहार्ड , ग्रे , लाबोदें , प्रूघोक , मेजर फेलिक्स इत्यादि अन्त में १ ९ ०४ में फिलण्डर्स पेट्री ने उसकी प्रतिलिपियां तैयार की । सबा की लिपि- सबाई या साबी लोग अरेबिया के पर्यटनशील लुटेरे थे । यह लोग दक्षिण की ओर गये और वहाँ जाकर लगभग १२०० ६० पू ० में बस गये और अपना एक राज्य स्थापित कर लिया जिसका नाम अपनी जाति के नाम पर सबा रखा उसकी राजधानी मारिव थी असीरिया के शासक सेन्नारिय (६८५ ई ० पू ०) के अभिलेखों से ज्ञात होता है कि

उस समय इस देश का एक करीबीलू राजा था और उसने इसी शासक से कुछ सुन्दर वस्तुयें भेंट स्वरूप प्राप्त की थी । इन्हीं अभिलेखों से ज्ञात होता है कि लगभग ई ० पू ० की सातवीं शताब्दी में सवा के निकट तीन अन्य राज्य भी स्थित थे । एक मिनायन अथवा माईन का राज्य , जिसके मुख्य नगर करनबू , माईन तथा यथील थे दूसरा हैद्रामौत तथा तीसरा कताबान था अन्तिम दो राज्य उल्लेखनीय नहीं हैं । माईन राज्य में लगभग २५ शासकों ने ई ० पू ० की बारहवीं से सातवीं श ० तक राज्य किया । इसी काल के कुछ अभिलेख पश्चिमोत्तर अरेबिया के अल कला नगर से इस राज्य के कुछ उपनिवेश वहाँ पर स्थित थे । प्राप्त हुए है । ऐसा प्रतीत होता है कि के सबा का राज्य ई ० पू ० की सातवीं से तीसरी शताब्दी तक स्थापित रहा तथा ई ० पू ० की तीसरी शताब्दी से ईसा की छठी श ० तक हिमारी जाति का राज्य स्थापित रहा । दक्षिणी पश्चिमी अरेबिया का फोना अफ्रीका देश से मिला हुआ था जहाँ अबीसीनिया का राज्य था हिमारी राजा ने ३७५ ई ० में यहूदी धर्म अपना लिया परन्तु अबीसीनिया का राजा ईसाई को पालने वाला था । इस कारण इन दोनों देशों में निरन्तर झगड़े चलते रहे । अन्त में हिमारी राज्य अबीसीनिया के अन्तर्गत हो गया और वहां का एक प्रान्तपाल शासन करने लगा । ५७ ९ ई० में हिमारी राज्य पशिया राज्य के अधीन आ गया तथा ६२८ में यहाँ के पशिया राज्य के प्रान्तपाल ने इस्लाम धर्म अपना लिया । सबा की लिपि के अभिलेखों में को १८८ ९ में हूबर तथा हष्टिग ने अल ऊला से प्राप्त किया । इन अभिलेखों के वर्णों का रहस्योद्घाटन डब्ल्यू • जेसेनियस (W. Gesenins) तथा ई ० रोडिगर (E. Rodiger) ने किया और २ ९ वर्णों में से २४ को ठीक ठीक पहचान लिया । तत्पश्चात् पाँच वर्ण भी पहचान लिये गये इस लिपि का काल ई ० पू ० की सातवीं से तीसरी शताब्दी तक का माना जाता है ।

कुरान - मशहद, ईरान में - अली द्वारा लिखा गया माना जाता है

अरबी लिपि की अन्य शाखायें

अन्य शाखाओं में चार प्रकार की अरबी लिपियाँ मिलती हैं । इनका जन्म व विकास मन्ती लिपि से माना जाता है ।

१. ज्वेद लिपि : सिरिया की लिपियों में एक अभिलेख का वर्णन पहले किया जा चुका है । यह अभिलेख जेवेद (सीरिया) से १८७ ९ में प्राप्त हुआ था और इस पर तीन प्रकार की (सीरिया , ग्रीस तथा अरेबिया की) लिपियाँ अंकित थीं । इस अभिलेख का काल ईसा की छठी शताब्दी माना जाता है । इसी अभिलेख की अरबी लिपि का यहाँ वर्णन दिया गया है ।

कुफिक लिपि, आठवीं या नौवीं शताब्दी

२. कूफा की लिपि- अरबी में इसको प्रत्ते कूफी कहते हैं । यह लिपि सुलेख के लिए स्मारकों पर अंकित की जाती थी । इसमें सीधी पंक्तियों से वर्ण बनाये जाते हैं । इस लिपि में कुरआन शरीफ़ भी लिखा गया है । इसका जन्म कूफा के नगर में जो आधुनिक अल हीरा है , ईसा की सातवीं शताब्दी में हुआ था । बारहवीं श ० के पश्चात् इसका प्रयोग लगभग समाप्त हो गया । सबसे प्राचीन अभिलेख जेरुसेलम की एक किया हुआ मिला है । इस मस्जिद का निर्माण ६ ९ १- ९ २ में हुआ था । मस्जिद के गुम्बज पर उत्कीर्ण इसमें २८ वर्ण हैं ।

मग़रिबी लिपि, 13वीं-14वीं शताब्दी

३. मग्रिबी (पश्चिम अरबी) -इस लिपि की उत्पत्ति एक विद्वान् द्वारा लगभग ईसा की नवीं शताब्दी में कूफ़ा की लिपि से उन मुसलमानों के लिए की गई थी जो अरेबिया के पश्चिमी देशों में जाकर लड़े , बसे तथा इस्लामी राज्य (स्पेन तक) स्थापित किया

नस्ख लिपि

४. नस्ख (शीघ्र लिखी जाने वाली अरबी)- शनैः शनैः जब मुसलमानों ने जीवन से सम्बन्धित प्रत्येक क्षेत्र तथा विषयों में प्रगति की तब कार्यक्षमता बढ़ाने की भी आवश्यकता हुई और लिपि की गति बढ़ाने के लिए इस नस् लिपि का विकास किया गया । इसका विकास एक मनुष्य ने नहीं किया । यह समय की आवश्यकतानुसार स्वयं विकसित हुई । इसी लिपि से पर्शिया , अफगानिस्तान , सिन्ध कश्मीर व मलाया आदि देशों की लिपियों का विकास उच्चारण की सुविधानुसार परिवर्तन करके हुआ ।

नस्ख लिपि का विकास नन्ती लिपि से आठ सौ वर्षों में किस प्रकार हुआ
१ ९ ७ क पर आठ कॉलमों में दिया गया है , जिनका विवरण निम्नलिखित है :
२-. इस कॉलम में ध्वनि को जानने के लिए देवनागरी के वर्ण दिये गये हैं । इसमें नन्ती लिपि (उत्तरी अरबी) , जिसका प्रयोग पेट्रा व हिच में ई ० सन् की पहली से तीसरी शताब्दी तक रहा दी गई है ।

३ । इसमें उस नन्ती लिपि के वर्ण दिये गये हैं जो नमारह में चौथी श ० में प्रयोगात्मक थे लिपि के वर्ण एक अभिलेख से लिये गये हैं जो इम्नुअल फ़ैस से प्राप्त हुआ और विद्वानों ने इस अभिलेख का काल ३२८ निर्धारित किया ।

४. इसमें छठी श ० के वर्ण दिये हैं जो जेबेद व हरन के अभिलेखों से लिये गये हैं । इन अभिलेखों का काल ५१२ तथा ५६८ ई० सन् माना गया है ।

५-कुरआन मजीद की दो प्रकार की लिपियों का एक प्रयोग हुआ , जिसमें एक मक्का शरीफ में तथा दूसरी कुफ़ा में प्रयोग की गई हजरत उस्मान द्वारा तैयार किया गया मान्यता प्राप्त या मक्का में और दूसरा बसरा (बाद में कूफ़ा) के प्रान्तपाल अबू मूसा इब्न कंस द्वारा तैयार किया गया , जो भूफा की लिपि में लिखा गया था , बसरा व कूफ़ा में मान्यता प्राप्त था इन दो प्रकार की लिपियों में संकलित कुरआन मजीद दोनों जगह पढ़ा जाता था । कूफ़ी लिपि का सबसे प्राचीन अभिलेख पसलम की एक मस्जिद के गुम्बज पर उत्कीर्ण पाया गया जिसकी तिथि ६ ९ १ - ९ २ ई० सन् मानी गई है । इस लिपि में गोलाई नहीं थी क्योंकि इसका अधिक प्रयोग मस्जिदों पर बड़े मकानों पर तथा धातु के बर्तनों पर उत्कीर्ण करके किया जाता कॉलम में कुफ़ी लिपि के वर्ण दिये गये हैं । इस कॉलम में छठी से सातवीं श ० के वर्ण भिन्न लेखकों द्वारा किया गया । इसका प्रयोग सातवीं से बारहवीं श ० तक रहा । इस दिये गये हैं जिनका प्रयोग कागज पर लिखने हेतु मित्र । इसमें नस्त्री लिपि के वर्ण दिये गये हैं । इनकी संख्या आरम्भ काल में केवल २२ ही थी परन्तु बाद में (काल निर्धारित नहीं है) सात वर्ण जोड़ कर जो नीचे दिये गये हैं और जिनके साथ ऊपर की पंक्ति में वर्ण का नाम तथा उसके नीचे उसकी ध्वनि दी गई हैं , २ ९ बना दिये गये तथा उनका क्रम भी परिवर्तित कर दिया गया अरबो लिपि के विषय में कुछ अन्य बातें इस्लाम धर्म के अनुसार मुसलमानों का यह विश्वास है कि पर आई परन्तु केवल छः अक्षर उनको अल्लाह के द्वारा प्राप्त हुए । अरबी लिपि हज़रत आदम के साथ पृथ्वी वे अक्षर थे : अलिफ़ , बे , जीम , सें , ते , तत्पश्चात् हजरत मोहम्मद पर दूसरे ढंग से उतरे और वे थे जिनकी ध्वनि थी अ , ब ज स त और वर्ण थे : अलिफ़ , हे , रे , सीन , स्वाद , तो , ऐन , क्राफ़ , काफ़ , लाम , मीम , नू , हे , थे , जिनकी ध्वनि थी : अ , ह , र , स , स त ऑ , ककलम नह ३८४]

अरबी का कोई शब्द सात वर्णों से अधिक नहीं बनता । अरबी में कराची नगर का नाम किरातिशी है तथा चचिल का नाम तशरशिला (ततिल) और चीन का सीन है ।
'

कूफ़ा की लिपि में इस्लाम धर्म का पवित्र कलमा लिखा है जिसको हृदय से पढ़ने पर कोई भी मनुष्य मुसलमान (अर्थात् अटल विश्वास वाला) हो सकता है । तदनन्तर वह अन्य धार्मिक विचारों को सीखे और जीवन में अपनाये इस कलमे को दायें से बायें इस प्रकार पढ़ा जायेगा " ला इलाह इल्लल्लाह मुहम्मदुर रसूलुल्लाह , इसके अर्थ है कोई नहीं है पूजने योग्य सिवाय उस सत्ता के जिसका नाम अल्लाह है और उसका पैग़ाम लाने वाला है (हजरत मुहम्मद (सल्ल ०) । "
संदर्भ पुस्तक– लेखन कला का इतिहास, उत्तर प्रदेश हिंदी संस्थान, लखनऊ ।

कुरआन की आयतों में छिपा गूढ़ रहस्य

(1) अम्मारा-- सूरा : 12:53

इस स्तर पर मनुष्य का नफ्स (प्रकृति) पशु वृति से भरपूर होता है , अर्थात वह नीच इच्छाओं का दास रहता है । जो व्यक्ति अपनी नीच इच्छाओं की पूर्ति में लगा रहता है वह बड़ी भूल में है । परन्तु उदास होने का कोई कारण नहीं है । मनुष्य में सीधे रास्ते पर चलने की शक्ति पाई जाती है । नमाज रोजे , जकात , हज आदि से वह नैतिक उत्थान को प्राप्त कर सकता है । इस्लाम के ये पांच स्तंभ हमें त्याग की शिक्षा देते हैं । इनसे हम अपनी पशुवृत्ति पर काबू पा सकते हैं । फिर हम वह खायें जिस की अनुमति हमें ईश्वर ने दी है । अपने कपड़े साफ़ रखें । बड़ी विनम्रता से बोलें . दूसरों को घटिया न जाने दरवाजा खटखटाकर घर में दाखिल हों । मूर्तियों की पूजा न करें । आत्महत्या न करें । औलाद का वध न करें । गुणवान औरत से शादी करें और उनकी मेहर दें । ।

(2) लोवामा– : सुराः 75 : 2

पहली अवस्था में मनुष्य अपनी इन्द्रियों के वश में होता है । परन्तु लोवामाः अवस्था में मनुष्य में अन्तःकरण अर्थात् मलामत करने वाली आत्मा जागृत हो जाती है । अन्तःकरण और इन्द्रियों में एक संघर्ष शुरू हो जाता है । अम्मारः मनुष्य में पशु की आवाज है तो लोवामा : ईश्वर की आवाज है । यह बुद्धि की आवाज जो हमें यह बताती है कि हम वे कार्य करें जो ईश्वर को पसन्द हो , और कुरआन हमें वे कार्य बताता है जो ईश्वर को पसन्द हैं और जिन के करने से वह प्रसन्न होता है । ईश्वर को पश्चाताप , उस की ओर मुंह मोड़ना , उस पर भरोसा रखना , शुभ कार्य करना ये सब पसन्द हैं और जिन से ईश्वर अप्रसन्न हैं वे हैं अति करना , अन्याय करना , शेखी बघारना , बहुदेववाद मानना , कपट , विश्वासघात एवं गन्दी भाषा । यदि हम जो कार्य ईश्वर ने करने के लिये कहे हैं उनको करें और जिन का निषेध किया है , वे न करें तो हमारे अन्दर ऐसी आत्मा उत्पन्न होगी जो बुरे कार्यों को बुरा कहेगी और अच्छे कार्यों को करने की सराहना करेगी । -

(3) मुलहिम– सूरा 9:8

अब आत्मा उस रास्ते पर आ खड़ी होती है जो पूर्णता को ले जाता है । कुरआन में आया है कि यदि मेरे बन्दे तुझ से मेरी बाबत पूछें तो उन से कह देना कि मैं उनके निकट हूँ । अब मनुष्य में आध्यात्मिकता की आग जलने लगती है ।

(4) मुतमय्यना– : सुरा : 89: 26

समस्त शारीरिक इच्छाएँ नियंत्रण में आ जाती हैं और सद्गुण मनुष्य की खुराक बन जाता है । मनुष्य नैतिकता के द्वार से गुजरता हुआ अध्यात्मिकता के आंगन में दाखिल हो जाता है । पाप करने की प्रवृत्ति लुप्त हो जाती है । यह शान्त आत्मा का स्तर है जहाँ दुःख सुख की परवाह न करते हुये आत्मा ईश्वर में सुख का आनन्द लेती है । वह ईश्वर की इच्छा को स्वीकार करती है । तंगी हो या प्रचुरता , भय हो या कोई लालच इस अवस्था में मनुष्य की आत्मा को सीधे रास्ते से जो अल्लाह ने उसे दिखाया हटाया नहीं जा सकता । .

(5) , रज़ा– सूरा: 89 : 27 और मर्जो– सूरा 99 : 27 से ये दोनों स्तर एक जैसे हैं । हम इस दुनिया में रहते हुए जन्नत के द्वार पर जा खड़े होते हैं । आत्मा में शान्ति रहती है । वह अपने अल्लाह के सम्मुख होती हैं । अल्लाह हम से खुश और हम अल्लाह से खुश ऐ मेरे बन्दो , मेरी जन्नत में दाखिल हो । मनुष्य ईश्वर के हाथ में एक आज्ञाकारी उपकरण बन जाता है । उस में अल्लाह के गुण दिखाई देने लगते हैं । यहाँ पर संघर्ष समाप्त हो जाता है । ईश्वर ही हमारे हाथ पाँव बन जाता है । .

(6) कमाला– सूरा: 91 : 7

इस्लाम मनुष्य को पशु से उठा कर पूर्णता तक पहुँचाता है । जब मनुष्य एक स्तर से दूसरे स्तर में पहुँचता है तब श्रेष्ठ स्तर को देखते हुए वह स्तर जिस पर वह है अधूरा दिखाई देता है । इसलिए वह हमेशा श्रेष्ठ स्तर तक पहुँचने का इच्छुक रहता है । कुरआन में सात आसमानों का भी उल्लेख है । ये आसमान नैतिकता के सात स्तरों से मिलते हैं । कुरआन आया है , मगर जो लोग ईमान लाये और अनुकूल कर्म किए उन के लिये तो ऐसा बदला है जिसका सिलसिला कभी न टूटेगा ।

संदर्भ पुस्तक– इस्लाम एक परिचय, जबलपुर, मध्य प्रदेश

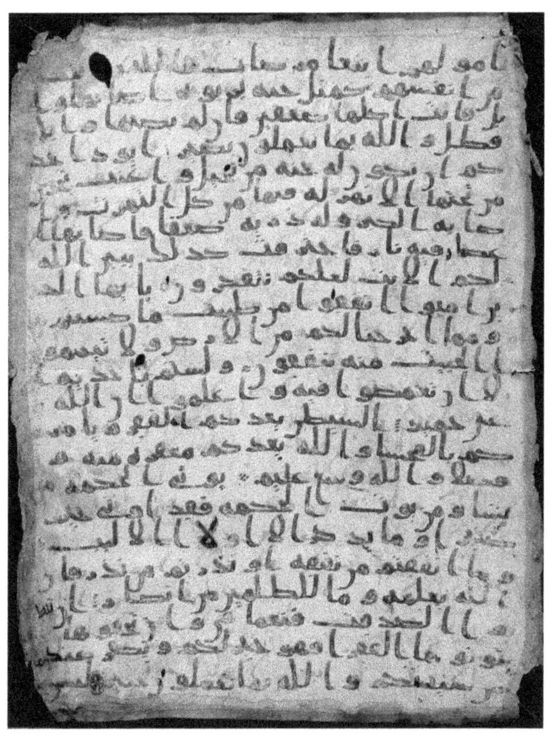

स्टैनफोर्ड '07 बाइनरी पांडुलिपि के एक पृष्ठ में सूरह अल-बकरा की आयतें 265-271 शामिल हैं। दोहरी परत मूल पाठ में परिवर्धन और आज के कुरान के साथ मतभेदों को प्रकट करती है।

क्या ओरिजिनल कुरआन आज भी मौजूद है ?

कहां पर है ओरिजिनल कुरआन ?

रामपुर रजा लाइब्रेरी , रामपुर, उत्तर प्रदेश

1 - कुरान पाक की एक अमूल्य प्रति कहा जाता है कि यह हजरत अली (मृत्यु 661) द्वारा संग्रहित है।

2- कुरान पाक की एक बहुमूल्य प्रति। कहा जाता है कि इब्नेमुक्कला (मृत्यु 930) द्वारा लिखित दो प्रतियों मेंसेयह एक है। इब्ने

मुक्ला अरबी नस्ख लिपि के आविष्कारको में से एक थे।

3 - सोफिया तौहरी की तफसीरूल- कुरान की एक दुर्लभ प्रति।

4 अली अल-मवर्दी (मृत्यु 1058) का एक बहुत पुराना कुरान व्याख्यान।

5 इमाम शायरी (मृत्यु1074) का कुरान व्याख्यान।

6- शिया विचारधारा के अंतर्गत एक दुर्लभ व्याख्यान अब्दुल अली हुवाजी (मृत्यु 1688) द्वारा लिखित और अपनेजीवन काल में लेखक द्वारा किसी अन्य हस्तलिपि से तुलना ।

7 -कुरान व्याख्यान तफसीरेतवारी का एक दुर्लभ फारसी अनुवाद 1203 मेंलिखित खुशनवीसी का एक अद्दभुत नमूना।

मौलाना आजाद पुस्तकालय मुस्लिम यूनिवर्सिटी , अलीगढ़

१-मृगछाल पर अत्यंत सुंदर सजीले ढंग से लिखित कुरान (केवल पहले दो खंड)

२-प्रारंभिक नस्ख पद्धति में लिखित कुरान के 30 पन्ने यह मुगल सम्राट औरंगजेब को भेंट किए गए थे।

३-विख्यात कातिब अब्दुल बाकी हदाद द्वारा 1717 में लिखित अत्यंत सुंदर कुरान की एक प्रति।

४-इमाम कुशायरी मृत्यु १०७४) द्वारा लिखित कुरान व्याख्यान लतायफुल इनायत की दो अधूरी प्रतियां।

राजस्थान ओरिएंटएंल रिसर्च इंस्टीट्यूट टोंक

१-सिराज के अहमद अल नाजिर द्वारा 1055 में तैयार की गई कुरान की एक प्रतिलिपि।

२-नजमुद्दीन अबुल कासिम महमूद निशापुरी अलजीवाइन (मृत्यु 1158 के बाद) द्वारा लिखित कुरान की व्याख्यानी इजाजुल बयान की एक प्रारंभिक प्रति जो अनुपम है।

३-अब्दुल अब्बास अहमद अल कवासी काकरान व्याख्यान अतलफीस फिर तबशेर की एक प्रतिनिधि से 1278 मेंश्री अलका वासी के शागिर्द ने तैयार किया था उसी समय कुछ शाही पुस्तकालयों में इसकी प्रतिलिपियां दी गई थी उन पुस्तकालयों में से एक गुजगु रात के सुल्तान महमूद शाह का पुस्तकालय था । समझा जाता है कि इस समय विश्व में इस पुस्तक की कोई और प्रति नहीं है।

4 अब्दुर्रहमान इब्नुल जौजी का कुरान व्याख्यान जादू लल मसीर ।

5- 15 वी शताब्दी के महान विद्वान और कवि मौलाना अब्दुल रहमान जामी की तफ्सीर जलालैन। पुस्तक की यहां मौजूद प्रतिलिपि के पृष्ठों पर मौलाना जामी द्वारा स्वयं लिखित टिप्पणियां है।

६- शेख जमाल उद्दीन मोहम्मद अब्दुल्ला की कूफी लिपि में अल इराव एंनएं कवाएंदिएं ल -अरब ।

७-- मोहम्मद बिन मोहम्मद अल बाजरी की तकरीबुन नशर की 1425 मेंतैयार की गई प्रतिलिप । इस प्रति पर लेखक के हस्ताक्षर हैं।

८- सम्राट अकबर के उस्ताद अबुल फैज फैजी का कुरान व्याख्यान सवातिउल इलहाम। इस सुसज्जित पुस्तक में बिंदुकित अरबी फारसी अक्षरों का उपयोग किया गया है।

हजरत पीर मोहम्मद शाह दरगाह पुस्तकालय, अहमदाबाद

तफ़सीर का एक पृष्ठ

1 - खत ए गुबा गुर (सूछ्म किताबत) लिपि में तैयार कुरान की एक प्रति इसकी विशेषता यह है कि पूरा कुरान पहले अध्याय सूरह फातिहा में ही लिख दिया गया है।

२- कुरान उच्चारण के विषय पर अल वुकुफ की असराइल हुरूफ की 1270 मेंतैयार की गई प्रति।

मुंबई यूनिवर्सिटी पुस्तकालय, मुंबई

1 -- अहमद अल कवासी(मृत्यु1281) का दुर्लभ कुरान व्याख्यान तफसीरूल कवाशी
।

खुदा बख्श ओरिएंटएंल पब्लिक पुस्तकालय, पटना

1 - रसूलेअकरम के सहयोगी हजरत अब्दुल्लाह बिन मसूद द्वारा तैयार की गई कुरान प्रति लिपि की कूफी मेंएक प्रति।

स्टेट सेंट्रल लाइब्रेरी, हैदराबाद

1- कुरान की 1284 कातिब याकूत ऑल मुस्तसेमी द्वारा तैयार की गई एक बहुत सुंदर और अमूल्य प्रति। यह प्रति गोलकुंडा के सुल्तान मोहम्मद कुतुब शाह के पुस्तकालय में थी।

२- कश्मीरी लिपि में कुरान की एक और सुंदर सजीले प्रति । इसके आधेपृष्ठ के हाशिए पर कुरान उच्चारण के सात सही तरीकों का विवरण है।

कुतुबखाना ए सैदिया हैदराबाद --

१-अल वाहिदी के कुरान व्याख्यान अल वाजिद के 1378 में तैयार की गई प्रति।

२- कुरान की शुद्ध वर्तनी विषय पर 1231 में तैयार की गई अतबीयान की अरबिल कुरान की एक प्रति

३- कुरान उच्चारण के विषय पर अबूमोहम्मद अरशतीबी (मृत्यु 1194) की हिर्जुल अमानी की 1245 मेंतैयार की गई लेखक के

शागिर्द इब्नुस्सखाबी द्वारा हस्ताक्षरित प्रति।

संदर्भ पुस्तक– भारत में इस्लामी शिक्षा के केंद्र, प्रकाशन विभाग

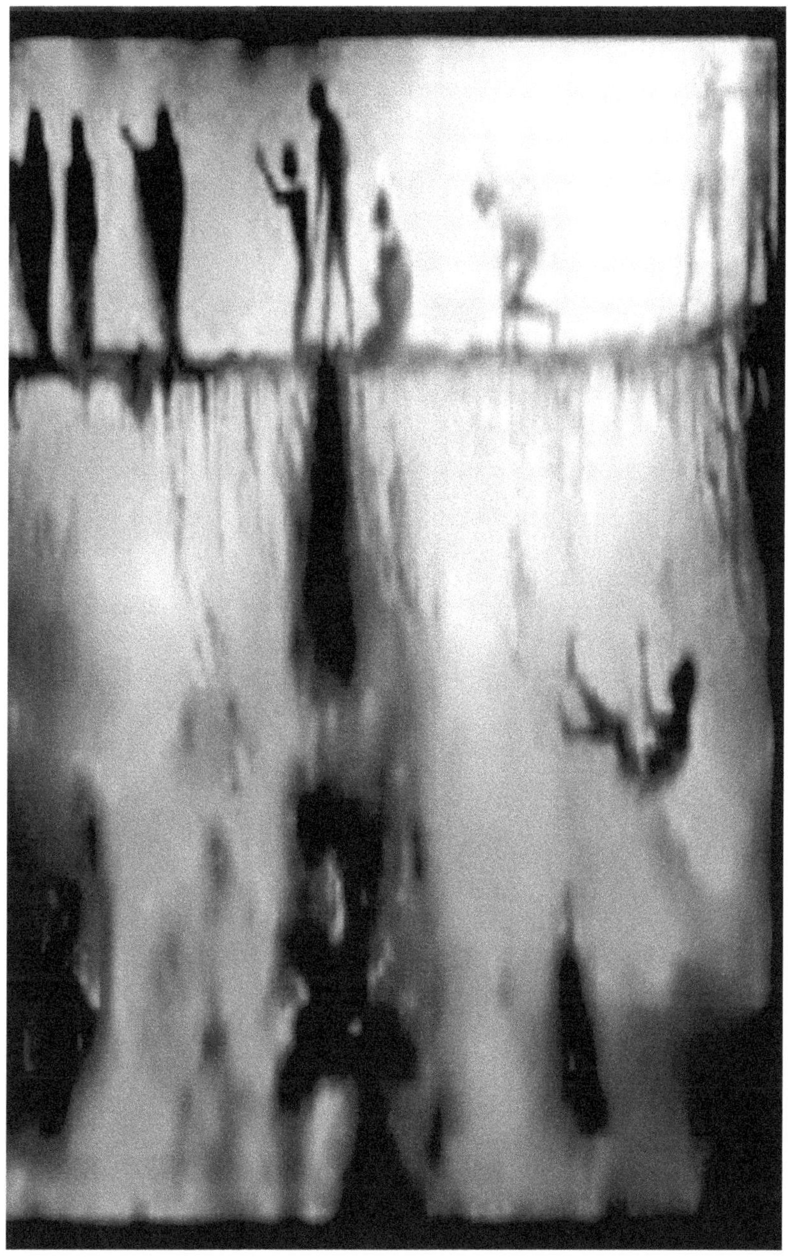

मौत , क़ियामत , तकदीर (इस्लाम में)

मौत का अर्थ -- मौत (मृत्यु) का अर्थ है परिवर्तित हो जाना , अथवा एक स्थान से दूसरे स्थान पर चले जाना संसार को त्याग कर परलोक सिधारना । मृत्यु के समय मनुष्य की आत्मा उसके शरीर से पृथक हो जाती है , फिर भी यह मुस्लिम विद्वानों का विश्वास है कि जब शरीर को कष्ट या पीड़ा पहुंचाई जाती है तो इस पीड़ा का अनुभव आत्मा को भी होता है और आत्मा इस कारण दुःख भोगती है । विद्वानों के विचार में मृत्यु का केवल यही अर्थ है कि मनुष्य का शरीर हाथ , पांव , आंख , कान , आदि बेकार हो जाते हैं और शारीरिक आवश्यकताएं लुप्त हो जाती है । माता पिता , भाई बहिन बीबी बच्चे इत्यादि छूट जाते हैं . इसके अतिरिक्त और कोई अन्तर नहीं होता । जो व्यक्ति यह समझते हैं कि मृत्यु प्रत्येक संवेदना का अंत है , वे गलती पर हैं और उनकी अल्प बुद्धि मृत्यु के पश्चात के जीवन को समझ नहीं पाती ।

मौत के समय

(i) मृत्यु समय (नजअ) प्राण का अन्त अर्थात दम टूटना । मरने के निकट आत्मा का घबराना और शरीर से निकलने के लिए छटपटाना । मृत्यु के निकट मनुष्य को कुछ ऐसे तथ्य दृष्टिगोचर होते हैं जो अब तक उसकी दृष्टि से लुप्त थे । सज्जन पुरुषों को विश्राम और आनन्द के दृश्य दिखाई देते हैं । वे स्वर्गदूतों को दिव्य ज्योति में देखते हैं । परन्तु दुष्ट , काफ़िर और बहुदेव उपासक , दुःख , कष्ट , वेदना और पीड़ा के दृश्य देखते हैं और डरावनी वस्तुओं को देखते हैं । इस समय मनुष्य को यह होश नहीं रहता कि वह कहां है और कौन लोग उसके समीप खड़े हैं , वह अपने प्रिय बन्धुओं को भी नहीं पहचानता । इस समय मृत्यु का यम व्यक्ति की आत्मा को अपने अधिकार में ले लेता है । इस दशा को जान कनी ' कहते हैं । यह दुःख सब को होता है , किसी को कम , किसी को अधिक । मोमिन के लिए यह पीड़ा उसके पापों के लिए प्रायश्चित अथवा पापों की शुद्धि के लिए किया जाने वाला कृत्य बन जाता है । आत्मा को शरीर से निकालने के पश्चात स्वर्गदूत उसे अल्लाह के समक्ष ले जाते हैं । यदि वह आत्मा किसी सदाचारी की हो तो आदेश मिलता है कि उसे विश्राम एवं सुख पहुंचाओ । यदि वह किसी दुष्ट की आत्मा है , तो यह आदेश मिलता है कि उसे कष्ट पहुंचाओ । '

तफ़सीर इब्न कथिर

तफ़सीर सूरह: 39. अज़-ज़ुमर श्लोक: 42

ईश्वर आत्माओं को उनकी मृत्यु के समय और जो लोग नहीं मरे थे, उन्हें नींद में ले लेता है। फिर जिनको उसने मृत्यु का आदेश दिया है, उन्हें रोक लेता है और बाकियों को एक निर्दिष्ट समय के लिए वापस भेज देता है। वास्तव में, इसमें उन लोगों के लिए निशानियाँ हैं जो प्रतिबिंबित होना।

तब सर्वशक्तिमान ईश्वर ने अपने महान स्व के बारे में सूचित करते हुए कहा कि वह वही है जो अपनी इच्छानुसार अस्तित्व का निपटान करता है, और वह आत्माओं को प्रमुख मृत्यु के साथ मृत्यु की ओर ले जाता है, जो वह अभिभावकों से भेजता है जो उन्हें शरीर से लेते हैं, और एक सपने में मामूली मौत, जैसा कि सर्वशक्तिमान ने कहा: (और वही है जो तुम्हें रात में मौत की ओर ले जाता है और जानता है कि तुम दिन में क्या करते हो, फिर वह तुम्हें उसमें ऊपर उठाता है। ताकि नियत समय पूरा हो सके, फिर) उसी की ओर तुम्हारा लौटना है। फिर वह तुम्हें बता देगा कि तुम क्या करते थे, और वह अपने सेवकों पर विजय प्राप्त करने वाला है, और वह तुम पर संरक्षक भेज देगा, यहां तक कि जब तुम में से किसी की मृत्यु हो जाएगी, तो हमारे दूत उसकी आत्मा ले लेंगे , और वे उपेक्षा नहीं करेंगे।) [अल-अनआम: 61, 60], इसलिए उन्होंने दो मौतों का उल्लेख किया: छोटी और फिर बड़ी। इस श्लोक में उन्होंने प्रमुख और फिर लघु का उल्लेख किया; इसीलिए उन्होंने कहा: (परमेश्वर आत्माओं को उनकी मृत्यु के समय लेता है, और जो लोग नींद में नहीं मरे हैं, फिर वह उन लोगों को रोक देता है जिनके लिए उसने आदेश दिया है...)

तफ्सीर अबू बक्र अल-जज़ैरी (जन्म 1921 ई.)

अबू बक्र अल-जज़ाइरी (मृत्यु 2018 ई.) के शब्दों की असर अल-तफ़सीर की व्याख्या।

शब्द स्पष्टीकरण:

हमने तुम पर हक़ के साथ किताब उतारी है: यानी, ऐ हमारे रसूल, हमने तुम पर क़ुरआन हक़ के साथ, यानी मिला-जुला हुआ, तुम पर उतारा है।

और आप उन पर संरक्षक नहीं हैं: यानी, आप उन्हें मार्गदर्शन करने और उन्हें विश्वास करने के लिए मजबूर करने के लिए जिम्मेदार नहीं हैं।

ईश्वर आत्माओं को उनकी मृत्यु के समय ले लेता है: अर्थात्, वह अपने सेवकों के समय के अंत में उनकी आत्माओं को लेकर उनका जीवन समाप्त कर देता है।

और जो उसकी नींद में नहीं मरा: यानी, वह नींद के समय मर जाता है, उसे ऐसा व्यवहार करने से रोकता है जैसे कि वह कोई पकड़ी गई चीज़ हो।

जिस स्त्री को मृत्यु ने ठहराया है, वह उसे पकड़ता है: अर्थात्, जब वह सो रही होती है, तब उस पर मृत्यु की आज्ञा के कारण वह उसे पकड़ लेता है।

वह दूसरे को एक निर्दिष्ट अवधि के लिए भेजता है: अर्थात्, जिसकी मृत्यु पर उसने शासन नहीं किया है, उसे भेजता है और उसका स्वामी अपने नियत समय के अंत तक जीवित रहता है।

वास्तव में, इसमें उन लोगों के लिए निशानियाँ हैं जो चिंतन करते हैं: अर्थात्, आत्माओं को लेने और उन्हें बाहर भेजने में, और ऐसा करने की क्षमता ईश्वर सर्वशक्तिमान की पुनर्जीवित करने की क्षमता का प्रमाण और प्रमाण है, जिसे बहुदेववादियों ने अस्वीकार कर दिया था।

या क्या उन्होंने ईश्वर के अलावा सिफ़ारिश करने वालों को लिया? यानी, मक्का के काफिर नहीं सोचते। यदि उन्होंने सोचा होता, तो उन्होंने पुनरुत्थान से इनकार नहीं किया होता, और न ही उन्होंने ईश्वर के अलावा सिफ़ारिशों को लिया होता, इसकी स्पष्ट अमान्यता को देखते हुए।

कहो, "यदि उनके पास कुछ भी नहीं है," अर्थात्, "उनसे कहो, 'क्या तुम्हारे साथी तुम्हारे लिए सिफ़ारिश करेंगे?' भले ही उनके पास कुछ भी न हो, उनके लिए सिफ़ारिश का उनका दावा उनके लिए अस्वीकार कर दिया जाएगा, और वे हैं ऐसी मूर्तियाँ जिनमें शक्ति या कारण नहीं है।

कहो कि सारी सिफ़ारिश ईश्वर की है: अर्थात्, उन्हें बता दो कि सारी सिफ़ारिश केवल ईश्वर की है, इसलिए पैगम्बरों और गवाहों की सिफ़ारिश।
और जब अकेले अल्लाह का जिक्र किया जाता है, तो वे घृणित हो जाते हैं: यानी, जब अकेले अल्लाह का जिक्र किया जाता है, तो रसूल के रूप में, भगवान उसे आशीर्वाद

दे और उसे शांति प्रदान करे, उसने कहा, "भगवान के अलावा कोई भगवान नहीं है," मुश्रिकों की आत्माएं भाग जाती हैं और अनुबंध, और क्रोध और असंतोष उनके चेहरे पर दिखाई देते हैं।

और जब वह अपने अलावा उन लोगों का उल्लेख करता है: अर्थात, सर्वशक्तिमान ईश्वर के बजाय उन मूर्तियों और कामोत्तेजक वस्तुओं की पूजा करते हैं जिनकी वे पूजा करते हैं।

यदि वे आनन्दित होते हैं: अर्थात, वे खुश और अति प्रसन्न होते हैं, क्योंकि वे इससे मोहित हो जाते हैं और सर्वशक्तिमान ईश्वर की सच्चाई को भूल जाते हैं, जो कि उनकी रचना और उनके लिए प्रावधान के बदले में अकेले उनकी पूजा करना है।

श्लोक का अर्थ:
नेक सन्दर्भ रसूल के बीच चल रहे संघर्ष को प्रस्तुत करने में था, ईश्वर उसे आशीर्वाद दे और उसे शांति प्रदान करे, और उसके बहुदेववादी लोगों को, इसलिए ईश्वर सर्वशक्तिमान ने अपने दूत का बचाव किया और उसे सभी नुकसान और घृणित कार्यों से दूर रखा, और इसमें अपने विरोधियों को पीड़ा की धमकी दी दुनिया और आखिरत, और यहाँ वह उसे सांत्वना देता है और उसे धैर्य देता है, और उससे कहता है, "वास्तव में, हमने तुम्हारे लिए किताब भेजी है," यानी, कुरान, "लोगों के लिए," यानी, मार्गदर्शन। लोग और उनका सुधार {सच्चाई के साथ}, यानी, वह सत्य से भ्रमित है। इसलिए जो कोई कुरान द्वारा निर्देशित हो और विश्वास करे और धर्म करे, तो वह उसके पास लौट आएगा, क्योंकि वह बच जाएगा नरक और स्वर्ग में प्रवेश करो। और जो कोई इसलिए गुमराह हो जाता है कि वह कुरान के मार्गदर्शन को स्वीकार नहीं करता है और शिर्क और पापों पर जोर देता है, तो वह केवल अपने खिलाफ गुमराह हो रहा है, यानी उसके गुमराह होने का बदला उसके खिलाफ है, क्योंकि वह वह है जो स्वर्ग और ईश्वर की संतुष्टि से वंचित है। सर्वशक्तिमान ईश्वर को हमेशा के लिए उसमें रहने के लिए आग में फेंक दिया जाएगा, और ईश्वर का क्रोध उसे कभी नहीं छोड़ेगा।
और उसका यह कहना: {और तू उन पर हाकिम नहीं.

इल्लीयीन'- विश्राम और सुख का स्थान है , जिसमें सदाचारी आत्माएं कियामत तक ठहराई जाएंगी । (सूरा -83: 18)

सूरा -अल मुफ्फ़तीन **83: 18**

तफ्सीर इब्ने कसीर

धर्मियों की रिकार्ड बुक और उनका इनाम

अल्लाह सच कहता है,

كَلَّ إِنَّ كِتَابَ الأَبْرَارِ

वास्तव में, अल-अबरार (धर्मी विश्वासियों) का रिकॉर्ड ये लोग ऐसी स्थिति में हैं जो दुष्ट लोगों के विपरीत है।

لَفِي عِلِّيِّينَ

इलियिन' में है.

मतलब, उनका अंतिम गंतव्य 'इलियिन' है, जो सिज्जिन के विपरीत है।

हिलाल बिन यासफ से रिवायत है कि इब्न अब्बास ने काब से सिज्जिन के बारे में पूछा, जबकि वह मौजूद था, और काब ने कहा,

"यह सातवीं धरती है और इसमें अविश्वासियों की आत्माएं हैं।"

फिर इब्न अब्बास ने उससे इल्लियिन के बारे में पूछा, तो उसने कहा,

"यह सातवां स्वर्ग है और इसमें विश्वासियों की आत्माएं समाहित हैं।"

यह कथन--कि यह सातवां स्वर्ग है--अन्य लोगों द्वारा भी कहा गया है।

अली बिन अबी तलहा से रिवायत है कि इब्न अब्बास ने अल्लाह के बयान के बारे में कहा,

كَلَّ إِنَّ كِتَبَ الأَبْرَارِ لَفِى عِلِّيِّينَ

(नहीं! वास्तव में, अल-अबरार (धर्मी विश्वासियों) का रिकॉर्ड 'इलियिन' में है।)

"इसका मतलब है स्वर्ग।"

उनके अलावा अन्य लोगों ने कहा है,

"इलियिन सिदरत अल-मुंतहा में स्थित है।"

स्पष्ट अर्थ यह है कि 'इलियिन' शब्द 'उलुव' शब्द से लिया गया है, जिसका अर्थ है उच्चता। कोई चीज़ जितना अधिक चढ़ती और उठती है, उतनी ही अधिक महान और बढ़ती जाती है।

इस प्रकार, अल्लाह इसके मामले को बढ़ाता है और यह कहकर इसके मामले की प्रशंसा करता है।

तफ्सीर अबू बक्र अल-जज़ैरी (जन्म 1921 ई.)

अबू बक्र अल-जज़ाइरी (मृत्यु 2018 ई.) के शब्दों की असर अल-तफ़सीर की व्याख्या।
शब्द स्पष्टीकरण:

नेक लोगों की किताब: यानी उनके कर्मों की किताब, और नेक वे हैं जो ईश्वर और उसके दूत के आज्ञाकारी और सच्चे हैं।

अलीयिन में: यानी स्वर्ग के शीर्ष पर अलीयिन नामक स्थान पर।

चिह्नित पुस्तक: जिसका अर्थ है पुनरुत्थान के दिन नर्क से भगवान की सुरक्षा और स्वर्ग की प्राप्ति के साथ चिह्नित पुस्तक।

करीबी लोग इसके गवाह होते हैं: यानी, हर स्वर्ग के लोगों के करीबी लोग इसमें शामिल होते हैं और इसकी रक्षा करते हैं क्योंकि यह अपने मालिक को नर्क से और स्वर्ग में प्रवेश से सुरक्षा प्रदान करता है।

धर्मी लोग आनंद में हैं: अर्थात्, जो लोग अपने पालनहार के प्रति धर्मी हैं, दायित्वों का पालन करते हुए और निषेधों से बचते हुए, स्वर्ग के आनंद में होंगे।

सोफ़े पर: यानी विभाजन वाले बिस्तरों पर।

वे देखते हैं: यानी, उनके भगवान ने उन्हें हर तरह का आनंद दिया है।

आप उनके चेहरे पर आनंद की ताजगी को पहचान सकते हैं: यानी, इसकी सुंदरता, इसकी चमक और इसकी चमक।

अमृत से: अर्थात बिना किसी मिलावट या अशुद्धि वाली शुद्ध शुद्ध शराब से।

मोहरबंद: यानी इसके बर्तन पर मोहरबंद है और इसकी मोहर उनके अलावा कोई नहीं तोड़ सकता।

इसका निष्कर्ष कस्तूरी है: किसी भी अंतिम पेय से कस्तूरी की गंध आती है।

और उसमें: यानी किसी और चीज़ में नहीं.

प्रतिस्पर्धियों को प्रतिस्पर्धा करने दें: यानी, उन्हें आज्ञाकारिता और ईमानदारी की तलाश करने दें, शाश्वत आनंद की तलाश करने दें।

और इसका स्रोत तस्नीम से है: यानी उनके पेय का प्रकार ऊपर से बहने वाले झरने से है, जिसे तस्नीम कहा जाता है।

एक झरना जिसमें से करीबी लोग पीते हैं: एक झरना वह तस्नीम है जिसमें से करीबी लोग शुद्ध पानी पीते हैं और यह दाहिनी तरफ के लोगों के लिए मिलाया जाता है।

श्लोक का अर्थ:
सर्वशक्तिमान ईश्वर ने दुष्टों की पुस्तक का उल्लेख करने के बाद और उसके साथ उसके लिए क्या निष्कर्ष निकाला, उसने धर्मियों की पुस्तक का उल्लेख किया और उसने उसके लिए क्या निष्कर्ष निकाला, और उसने कहा: "नहीं," यह वास्तव में है। ये धर्मी लोग अलीयुन में हैं। {और तुम्हें क्या पता?} ऐ हमारे रसूल, {एलियॉन क्या है} कि यह स्वर्ग में सबसे ऊंचे स्थान पर एक स्थान है। और उनके कथन {एक क्रमांकित पुस्तक} का अर्थ है धर्मी लोगों की पुस्तक, जो स्वर्ग में रखी गई है, एक क्रमांकित पुस्तक जिसके स्वामी के लिए नर्क से और जीतने वाले स्वर्ग से ईश्वर की ओर से सुरक्षा है। और सर्वशक्तिमान ईश्वर कहते हैं: "वास्तव में, धर्मी" और स्वर्ग में जमा पुस्तकों के साथी उस आनंद में होंगे जो पुनरुत्थान के दिन आएगा, और आनंद स्वर्ग का आनंद है, और यह उसी का एक रंग है सोफ़ा, अर्थात्, दीवारों वाले बिस्तर। "वे देखते हैं" - वे सोफ़े पर बैठे हैं, अपने महान साम्राज्य को अनुमोदन और प्रशंसा के साथ देख रहे हैं जो सर्वशक्तिमान ईश्वर ने उन पर कब्ज़ा कर लिया है, और जो दो हज़ार की दूरी तक फैल सकता है वर्ष। और उनकी दृष्टि इसके साथ समाप्त होती है: "आप उनके चेहरे पर आनंद की झलक देखेंगे," जिसका अर्थ है इसकी सुंदरता, इसकी चमक, और इसकी चमक, और उनका कहना, "उन्हें सीलबंद अमृत पीने के लिए दिया जाएगा," जिसका अर्थ है शराब की।

सिज्जीन ' वह स्थान है , जहां पर दुष्ट आत्माएं कियामत तक रहेंगी । ये बड़े दुःख और कष्ट का स्थान है । (सूरा -८३ : ७-८) (ii)

अजाबे कबर (कबर में दुःख और तकलीफ) -- मृतक यदि गाड़ दिया जाए तो कबर में और यदि गाड़ा न जाए , तो जिस दशा में होगा उसी में दो स्वर्गदूत ' मुन्कर और नकीर आते हैं और पूछते हैं कि ऐ मनुष्य तुम्हारा रब कौन है , तुम किस धर्म के हो और किस के अनुयायी हो ? ' यदि वह मनुष्य मुसलमान है और सदाचारी है और इस बात की घोषणा करता है कि अल्लाह का बन्दा हूं और हजरत मोहम्मद का अनुयायी हूं और मेरा धर्म इस्लाम है तो उसके लिये तुरन्त विश्राम और सुख के सब साधन जुटा दिए जाएंगे और यदि वह मनुष्य इस बात को स्वीकार करता है कि वह मुसलमान नहीं और पापी है तो अल्लाह कहेगा कि में कुछ नहीं जानता और उस पापी पर अल्लाह का कोप छा जाएगा ।

(iii) आत्माओं की परस्पर भेंट- मनुष्य का मृत्यु के पश्चात आत्माओं की आत्मा से भेंट होती है । पूर्व मृतक सम्बन्धियों की आत्माएं उस आत्मा का स्वागत करती हैं और एक दूसरे को पहचान लेती हैं । इस मृतक व्यक्ति की आत्मा से संसार के विषय में पूछती है । यह भी एक विश्वास है कि मृतक व्यक्ति की आत्मा ईश्वर की आज्ञा से जीवित व्यक्ति की आत्मा के पास आती है और सुषुप्तावस्था में आकर उससे भेंट करती है । तत्पश्चात मृतक व्यक्ति की आत्मा वापिस चली जाती है और जीवित व्यक्ति को निद्रा से उठा दिया जाता है ताकि उसको इस बात का ज्ञान हो जाए कि उसने किस आत्मा से भेंट की है ।

(iv) चेतन आत्मा- शरीर से पृथक होने के पश्चात आत्मा को इस बात का ज्ञान होता रहता है कि जिस शरीर में वह थी उससे क्या बर्ताव होता है । वह यह देखती रहती है कि जिस शरीर में थी , उसे स्नान करवाया जा रहा है . अथवा दफनाया जा रहा है । जब मृतक शरीर को गाड़ने के लिए ले जाते हैं और यदि वह सदाचारी होता है तो उसकी आत्मा ईश्वर का धन्यवाद करती है कि उसका सांसारिक काल समाप्त हुआ और अंतिम दिन का प्रथम चरण प्राप्त हुआ । यदि मरने वाला काफ़िर तथा दुष्ट होता है तो उसकी आत्मा दुःख भरे स्वर में कहती है कि संसार के भोग विलास समाप्त हो गए , कितने दुःख की बात है । वह चिल्लाती है कि मेरे संबंधियों और मित्रो तुम मुझे कहां लिये जा रहे हो ? नेक मनुष्य उस के स्वर को सुन लेते हैं ।

क्या इस्लाम (मृत्यु, आत्मा, मानव शरीर, परलोक, इस्लाम) के अनुसार आत्मा में चेतना होती है?

इस्लाम ने एक सुंदर उत्तर दिया है जिसे मानव बुद्धि समझ सकती है। हमारी नींद में ईश्वर के संकेतों में से एक, जैसा कि उन्होंने उल्लेख किया है, मृत्यु के बाद के जीवन का एक सीमित अनुभव है। कुरान में हम पढ़ते हैं:

अल्लाह मनुष्यों की मृत्यु के समय उनकी आत्माओं को छीन लेता है; और उनकी नींद के दौरान भी जो अभी तक मरे नहीं हैं। और फिर वह उन लोगों को अपने पास रखता है जिनके विरुद्ध उसने मृत्यु का आदेश दिया है, और दूसरों को एक नियत अवधि तक वापस भेज देता है। उसमें निश्चय ही उन लोगों के लिए निशानियाँ हैं जो विचार करते हैं। [39:43]

मृत्यु शब्द को अक्सर गलत समझा जाता है। इसका मतलब न केवल पूर्ण विनाश है बल्कि आवश्यक गुणों और विशेषताओं का खोना भी है। उदाहरण के लिए, जब कोई शरीर मर जाता है तो वह पूरी तरह से विलुप्त नहीं होता है, क्योंकि उसकी धूल अभी भी मौजूद होती है। इसी प्रकार आत्मा की मृत्यु भी होती है, क्योंकि वह भी अपने गुणों और विशेषताओं से वंचित हो जाती है। जैसे नींद के दौरान शरीर अपना काम करना शुरू कर देता है, वैसे ही.

नींद की अवस्था मृत्यु की अवस्था का आभास कराने के लिए दर्पण का काम करती है। जो मनुष्य आत्मा का आदर करते हुए सच्चा ज्ञान प्राप्त करना चाहता है उसे निद्रा की अवस्था पर विचार करना चाहिए। नींद के जरिए मौत का हर राज खोजा जा सकता है। आत्मा का प्रत्येक गुण विलुप्त होने की चक्की के नीचे पीसा जाता है, और वह आत्मा की मृत्यु है, फिर केवल वही लोग मृत्यु से पुनर्जीवित होते हैं जिन्होंने यहां रहते हुए ऐसे कर्म किए जो जीवन दे सकते थे। किसी भी आत्मा में जीवित रहने की शक्ति नहीं होती जैसा कि आत्मा की मृत्यु के सन्दर्भ में ईश्वर कहते हैं, "मृत्यु के समय ईश्वर आत्मा को अपने वश में कर लेता है।" वे पूरी तरह से ईश्वर की शक्ति के अधीन आ जाते हैं और अपनी इच्छा और आत्म-चेतना खो देते हैं, जो जीवन के लक्षण हैं। तब भगवान उन आत्माओं को हिरासत में लेते हैं जिन्हें वास्तविक मृत्यु से गुजरना पड़ा है, और ऐसी आत्माओं को दुनिया में वापस भेज देते हैं जो वास्तविक मृत्यु के अधीन नहीं थीं। इसमें उन लोगों के लिए निशानियाँ हैं जो सोच-विचार करते हैं।

ये आयतें दिखाती हैं कि आत्माओं के लिए मृत्यु है, जैसे शरीर के लिए मृत्यु है। लेकिन कुरान यह भी दर्शाता है कि ईश्वर के चुने हुए लोगों की आत्माओं को कुछ दिनों के बाद, कुछ को तीन दिनों के बाद, कुछ को एक सप्ताह के बाद, और कुछ को 40 दिनों के बाद मृत्यु से वापस बुला लिया जाता है। उनका यह नया जीवन अत्यंत आनंद, माधुर्य और आनंद का जीवन है। इस जीवन को प्राप्त करने के लिए ही धर्मी

सेवक अपनी पूरी शक्ति और सामर्थ्य तथा पूरी ईमानदारी और भक्ति के साथ ईश्वर के मार्ग पर चलने का प्रयास करते हैं। यह इस जीवन का सौभाग्य है कि वे स्वयं को सांसारिक जीवन की अशुद्धियों से मुक्त करने के लिए अपनी पूरी शक्ति लगा देते हैं।

स्वप्न में परलोक का नमूना अनुभव होता है। जैसे एक सपना हमारे अंदर परिवर्तन पैदा करता है और हमारी आध्यात्मिक स्थिति को भौतिक रूप में प्रदर्शित करता है, वैसा ही मृत्यु के बाद के जीवन में भी होगा और हमारे कर्म और उनके परिणाम भौतिक रूप से प्रदर्शित होंगे और जो कुछ भी हम इस दुनिया से अपने साथ गुप्त तरीके से ले जाते हैं। सब हमारे सामने खुलकर सामने आएंगे...

शब्द "रूह" कुरान में 21 बार आया है, और उनमें से पांच उदाहरणों में, इसका प्रयोग क्रिया "नफखा" के साथ संयोजन में किया गया है, जिसका अर्थ है "उड़ाना", यह दर्शाता है कि यह उड़ाने से संबंधित है। इसके अतिरिक्त, इसका उपयोग शांति (97:4), सहायता (58:22; 2:87), और जीवन (15:29) जैसी अवधारणाओं से जुड़ा हुआ है। कुरान में, रूह को निर्जीव पदार्थ में जीवन डालने और मानव समझ से परे अन्य कार्य करने की क्षमता के रूप में वर्णित किया गया है। इसकी क्षमताओं को विशाल दूरी और समय अवधि को पार करने के रूप में दर्शाया गया है, क्योंकि यह पचास हजार साल लंबे (70:4) दिन में स्वर्ग तक चढ़ जाता है और निर्जीव वस्तुओं को सजीव कर देता है। कुरान रूह को विभिन्न तरीकों से चित्रित करता है: एक ऐसे व्यक्ति के रूप में जो ईश्वर का पालन करता है और रहस्योद्घाटन लाता है, या एक सामान्य अवधारणा के रूप में, विशेष रूप से मुहम्मद के भविष्यसूचक संदेशों के लिए प्रेरणा के रूप में। रूह एक व्यक्ति के रूप में कई रूप ले सकता है, आमतौर पर एक देवदूत के समान एक आध्यात्मिक प्राणी के रूप में (78:38), लेकिन यह मानव रूप में भी प्रकट हो सकता है, जैसे रूह के मामले में...

हालाँकि, कुरान आत्मा (अल-रुह) की कोई निश्चित व्याख्या नहीं देता है। यह केवल आत्मा के बारे में प्रश्न के उत्तर में कहता है, "कहो, "आत्मा (अल-रूह) मेरे भगवान की आज्ञा से है, और तुम्हें ज्ञान नहीं दिया गया है, थोड़ा सा छोड़ दो" (17:85), रूह की अज्ञात प्रकृति का सुझाव देता है। द स्टडी कुरान के अनुसार, "आत्मा" शब्द मानव जीवन के स्रोत को संदर्भित कर सकता है, क्योंकि ईश्वर ने आदम में अपनी आत्मा फूंकी है (32:9)। इससे कुछ मुस्लिम विचारकों को यह विश्वास हो गया कि आत्मा मानव ज्ञान, धारणा और आध्यात्मिक क्षमता का स्रोत है। तदनुसार, आत्मा

को मनुष्य के लिए धार्मिक, नैतिक और आध्यात्मिक जिम्मेदारी के मूल के रूप में भी देखा जाता है। वाक्यांश का अर्थ "मैंने...उसमें अपनी आत्मा फूंकी" (15:29; सीएफ 38:72, 32:9) की व्याख्या विभिन्न टिप्पणीकारों द्वारा अलग-अलग तरीके से की गई है। अधिकांश टिप्पणीकारों का मानना है कि "मेरी या उसकी आत्मा" ईश्वर की शक्ति और आदम को सम्मानित करने के एक तरीके को संदर्भित करती है, कुछ लोग इसे अधिक शाब्दिक रूप से आत्मा को संदर्भित करने के लिए समझते हैं .

(v) पुण्य (सवाब) --प्रार्थना से मृतक और जीवित दोनों को पुण्य प्राप्त होता है. मतृकों के लिए प्रार्थना करने से उन्हें पुण्य पहुँचता है। सदका और दान से भी मतृकों को पुण्य पहुँचता है।

2- क़ियामत

(i) अर्थ – इसका अभिप्राय है अंतिम दिन अथवा न्याय का दिन । इसे रोज मेहशर भी कहते हैं। क़ियामत का शाब्दिक अर्थ है' उठना ' । भावार्थ के अनुसार अन्तिम दिन के बाद समस्त मृतक अल्लाह के आदेश से अपने कार्यों का फल पाने के लिए पुनः जीवित किए जाएंगे। इस्लाम के अनुसार कियामत के पूर्व अर्थात् अन्तिम दिन समस्त संसार नष्ट कर दिया जाएगा । सब जीव मत्यु को प्राप्त होंगे और यह उस समय होगा जब इस्राफ़ील तुरही फूकेगा । उस तुरही का शब्द इतना भयानक होगा कि उसके सुनते ही सब प्राणी मर जाएंगे। सितारे टूट कर गिर पड़गे , पहाड़ फट पड़ेंगे। अल्लाह के अतिरिक्त कोई वस्तु अस्तित्व में न रहेगी । क़ियामत के दिन एक नवीन संसार की रचना की जाएगी , अल्लाह न्याय करेगा । प्रत्येक व्यक्ति से उसके कार्यों का लेखा लिया जाएगा ।

मनुष्यों को उस दिन नया जीवन दिया जाएगा और वे अपने ईश्वर के सम्मुख होंगेऔर इस दिन उनके कार्यों को तौला जाएगा और उनका न्याय किया जाएगा।अच्छे कर्मों का फल स्वर्ग और बुरे कर्मों का फल नरक होगा । जब कोई मुसलमान स्वयं ही उत्तरदायी है। कुरआन मजीद में यह उल्लेख है कि यह संसार केवल अस्थायी निवास है।(सूरा-५७:२०,३:१८५)

मृत्यु ही जीवन का अन्त नहीं वरन इससे परे भी जीवन है जो अधिक स्थायी एवं उत्तम है

।(सूरा-३:१०७) मनुष्य जो कर्म इस संसार में करता है उनका लेखा सुरक्षित रहता है और इन्हीं कर्मों को तौला जाएगा और मनुष्यों से पूरा - पूरा हिसाब लिया जाएगा ।(सूरा-७:८,११:१११) क्योंकि मनुष्यों को उनके कार्यों के अनुसार फल प्राप्त होगा

इसलि ये यह अनिवार्य है कि वे सशरीर जीवित किए जाएंगे। कुरआन मजीद में यह आया है, जिन्होंने कुफ़ किया वे कहते हैं- हम पर जो वह घड़ी (कियामत) नहीं आएगी । कहो , क्यों नहीं , मेरे रब की कसम , वह तुम पर आकर रहेगी- गैब (परोक्ष) के जानने वाले की कसम , उससेकण भर भी कोई चीज ओझल नहीं । न आसमानों में, न जमीन में, न उससे छोटी और न बड़ी , सब कुछ खुली किताब में अकित है। कियामत आएगी , ताकि वह उन लोगों को बदला दे जो ईमान लाए और जिन्होंने अच्छे काम किए । ये वे लोग है जिनके लिये क्षमा है और सम्मानित रोजी है। जिन लोगों ने हमारी आयतों को नीचा दिखानेके लिये दौड़ धूप की उनके लिए बहुत ही बुरा अजाब है- दुख भरा ।(सूरा-३४:३-५) जो शरीर जीवित होंगे उनमें आत्मा भी होंगी । बुद्धिमान मूर्ख, दुष्ट, पशु, कीड़े, मकोड़े, और पक्षी सब अन्तिम दिन जीवित हो जाएंगे। सबसे प्रथम मोहम्मद जीवित होंगे और वही सर्व प्रर्वथम स्वर्ग में प्रवेश करेंगे। क़ियामत के समय और दिन का ज्ञान अल्लाह के प्रति रिक्त किसी को नहीं है। परन्तु संकेतों से यह स्पष्ट है कि वह शक्रवार का दिन और महर्रम माह की दसवीं तिथि होगी । एक हदीस में यह उल्लेख है कि हज़रत मोहम्मद ने जिवरील से कियामत के दिन के सबंध में पूछा था , परन्तु उसने भी इसकी जानकारी से इन्कार किया । फिर भी क़ियामत के दिन के कुछ चिन्हों का उल्लेख हदीसों में पाया जाता है और ये चिन्ह इस प्रकार हैं:

(ii) क़ियामत के लघुचिन्ह - लोगों में विश्वास की कमी होगी । कमीन और पतित लोग ऊंचे पदों पर नियुक्त होंगे, भोग विलास में लीन होंगे। स्थान स्थान पर विद्रोह होंगे और अपार दुःख व कष्ट चारों ओर छा जाएगा ।

मक्का और मदीना के भवन बढ़ते- बढ़ते आपस में मिल जाएंगे, अर्थात ये दोनों नगर एक हो जाएंगे।

(ii) क्रियामत के सात महा चिन्ह -

(1) सूर्य पश्चिम से उदय होगा । पश्चाताप का द्वार बन्द हो जाएगा अर्थात किसी का भी पश्चाताप स्वीकार न होगा ।

फुटनोट हिलाली

ए) अबू हुरैरा [राधि-यल्लाहु 'अन्हु] से रिवायत है: अल्लाह के दूत (ﷺ) ने कहा, "जब तक सूरज पश्चिम से नहीं उगता तब तक समय स्थापित नहीं किया जाएगा; और जब लोग इसे देखेंगे, तो जो कोई भी सतह पर रहेगा धरती के लोग ईमान लाएँगे, और वह (वह समय) होगा जब उस व्यक्ति को ईमान लाने से कोई लाभ नहीं होगा, यदि वह पहले ईमान न लाया हो।" (6:158)

[साहिह अल-बुखारी, 6/4635 (ओ.पी.159)]

बी) अबू हुरैरा [रदी-यल्लाह 'अन्हु] से रिवायत है: अल्लाह के दूत (ﷺ) ने कहा, "जब निम्नलिखित तीन संकेत दिखाई देते हैं, तो उस व्यक्ति को विश्वास करने से कोई फायदा नहीं होगा यदि वह पहले विश्वास नहीं करता था:

1) सूर्य का पश्चिम से उदय होना।

2) (अल-मसीह का आना) अद-दज्जाल।

3) (दब्बत-उल-अर्द (यानी धरती से एक जानवर) का बाहर आना)।"

(सहीह मुस्लिम, द बुक ऑफ फितन, द साइन्स ऑफ कमिंग ऑफ द आवर)

ग) अनस [राधि-यल्लाह 'अन्हु] से रिवायत है: पैगंबर (ﷺ) ने कहा, "कोई पैगंबर नहीं भेजा गया था, लेकिन उन्होंने अपने अनुयायियों को एक आंख वाले झूठे (अल-मसीह अद-दज्जल) के खिलाफ चेतावनी दी थी। सावधान! वह अंधा है एक आंख में, और तुम्हारा भगवान ऐसा नहीं है, और उसकी (अल-मसीह अद-दज्जाल की) आंखों के बीच (शब्द) काफिर (यानी, अविश्वासी) लिखा होगा।" [यह हदीस अबू हुरैरा और इब्न अब्बास द्वारा भी उद्धृत किया गया है। [साहिह अल-बुखारी, 9/7131 (ओ.पी.245)]

---

(2) दाबतुल - अर्ज प्रकट होगा । यह एक पशु है, जिसका मँह तो मनुष्यों की भांति होगा , परन्तु घड़ पशु की भांति होगा । जिस दिन सूर्य पश्चिम से उदय होगा उसके एक दिन बाद यह मनुष्य की भांति दिखाई देने वाला पशु सफ़ा पहाड़ ' के फट जाने से, उसमें से निकलेगा ।
यह पशु प्रत्येक दिशा में यात्रा करेगा और लोगों के मुख पर विश्वास या कुफ्र की मोहर लगाएगा । जो लोग नाम के मुसलमान होंगे उनका भेद खुल जाएगा और ढोंगियों का ढोंग प्रकट हो जाएगा । इस पशु की भाषा अरबी होगी और इस्लाम के अतिरिक्त अन्य धर्मों को वह खंडिंडित कर देगा ।

फ़ुटनोट हिलाली

सूरा 6 आयत 158

अबू हुरैरा [राधि-यल्लाहु 'अन्हु] से रिवायत है: अल्लाह के दूत (ﷺ) ने कहा, "जब तक सूरज पश्चिम से नहीं उगता तब तक समय स्थापित नहीं किया जाएगा; और जब लोग इसे देखेंगे, तो जो कोई भी सतह पर रहेगा धरती के लोग ईमान लाएँगे, और वह (वह समय) होगा जब उस व्यक्ति को ईमान लाने से कोई लाभ नहीं होगा, यदि वह पहले ईमान न लाया हो।" (6:158)

[साहिह अल-बुखारी, 6/4635 (ओ.पी.159)]

बी) अबू हुरैरा [रदी-यल्लाहु 'अन्हु] से रिवायत है: अल्लाह के दूत (ﷺ) ने कहा, "जब निम्नलिखित तीन संकेत दिखाई देते हैं, तो उस व्यक्ति को विश्वास करने से कोई फायदा नहीं होगा यदि वह पहले विश्वास नहीं करता था:

1) सूर्य का पश्चिम से उदय होना।

2) (अल-मसीह का आना) अद-दज्जाल।

3) (दब्बत-उल-अर्द (यानी धरती से एक जानवर) का बाहर आना)।"

(सहीह मुस्लिम, द बुक ऑफ फितन, द साइन्स ऑफ कमिंग ऑफ द आवर)

ग) अनस [राधि-यल्लाहु 'अन्हु] से रिवायत है: पैगंबर (ﷺ) ने कहा, "कोई पैगंबर नहीं भेजा गया था, लेकिन उन्होंने अपने अनुयायियों को एक आंख वाले झूठे (अल-मसीह अद-दज्जल) के खिलाफ चेतावनी दी थी। सावधान! वह अंधा है एक आंख में, और तुम्हारा भगवान ऐसा नहीं है, और उसकी (अल-मसीह अद-दज्जाल की) आंखों के बीच (शब्द) काफिर (यानी, अविश्वासी) लिखा होगा।" [यह हदीस अबू हुरैरा और इब्न अब्बास द्वारा भी उद्धृत किया गया है। [साहिह अल-बुखारी, 9/7131 (ओ.पी.245)]

तफ्सीर इब्ने कसीर

सूरा नम्ल 27, आयत 82

पृथ्वी के जानवर का उद्भव

अल्लाह फ़रमाता है:

और देखें

और जब उनके विरुद्ध वचन पूरा हो जाएगा, तो हम उनके लिए धरती से एक जानवर निकालेंगे, जो उनसे बात करेगा, क्योंकि मनुष्य हमारी आयतों पर यक़ीन के साथ ईमान नहीं लाए।

यह वह जानवर है जो समय के अंत में उभरेगा, जब मानव जाति भ्रष्ट हो जाएगी और अल्लाह की आज्ञाओं की उपेक्षा करेगी और सच्चे धर्म को बदल देगी। फिर अल्लाह ज़मीन से एक जानवर पैदा करेगा।

यह कहा गया था कि इसे मक्का से लाया जाएगा, या कहीं और से, जैसा कि हम नीचे विस्तार से चर्चा करेंगे, अगर अल्लाह ने चाहा।

जानवर लोगों से मामलों के बारे में बात करेगा. इब्न अब्बास, अल-हसन और क़तादा ने कहा, और यह अली से भी सुनाया गया था, अल्लाह उस पर प्रसन्न हो सकता है, कि यह शब्द बोलेगा, अर्थात, यह उन्हें संबोधित करेगा।

जानवर के बारे में कई हदीसों और रिपोर्टों का वर्णन किया गया है, और हम उनमें से उतनी ही सुनाएंगे जितनी अल्लाह हमें सक्षम करेगा, क्योंकि वह वही है जिसकी हम मदद चाहते हैं।

इमाम अहमद ने दर्ज किया कि हुदैफा बिन असिद अल-गिफ़ारी ने कहा,

"जब हम समय के मामले पर चर्चा कर रहे थे तो अल्लाह के दूत अपने कमरे से बाहर आये।

उसने कहा: जब तक तुम दस निशानियाँ न देख लो, वह घड़ी नहीं आएगी:

 पश्चिम से सूर्य का उदय;

धुआं (विज्ञापन-दुखन);

जानवर का उद्भव;

 याजुज और माजूज का उद्भव;

ईसा बिन मरयम की उपस्थिति, उस पर शांति हो;

दज्जाल; और तीन भूमि गुफाएं, एक पश्चिम में, एक पूर्व में और एक अरब प्रायद्वीप में;

और एक आग यमन के बीच से निकलेगी, और लोगों को खदेड़ देगी या इकट्ठा कर लेगी, और जब भी वे रात के लिए या दिन के दौरान आराम करने के लिए रुकेंगे, उनके साथ रुकेगी।"

इसे मुस्लिम और हुदायफा के सुन्नन संकलनकर्ताओं ने मावकूफ रिपोर्ट में भी दर्ज किया था।

अत-तिर्मिज़ी ने कहा, "यह हसन सहीह है।"

इसे हुदायफा के मुस्लिम ने मारफू की रिपोर्ट में भी दर्ज किया था। और अल्लाह ही बेहतर जानता है.

 एक और हदीस मुस्लिम बिन अल-हज्जाज ने दर्ज किया कि अब्दुल्ला बिन अम्र ने कहा,

"मैंने अल्लाह के दूत से एक हदीस याद कर ली जिसे मैं बाद में कभी नहीं भूला। मैंने अल्लाह के दूत को यह कहते हुए सुना:

प्रकट होने वाले संकेतों में से पहला संकेत पश्चिम से सूर्य का उदय होगा, और पूर्वाह्न में मानव जाति के लिए जानवर का उदय होगा। उनमें से जो भी पहले आएगा, दूसरा उसके पीछे-पीछे आएगा।

एक और हदीस अपने सहीह में, मुस्लिम ने दर्ज किया कि अबू हुरैरा, अल्लाह उससे प्रसन्न हो सकता है, ने कहा कि अल्लाह के दूत ने कहा:

छह चीजें सामने आने से पहले अच्छे कर्म करने में जल्दबाजी करें:

पश्चिम से सूर्य का उदय;

धुआं; दज्जाल;

जानवर;

आपके पसंदीदा में से किसी एक की (मृत्यु), या सामान्य कष्ट।

इसे मुस्लिम ने ही रिकॉर्ड किया था।

मुस्लिम ने यह भी दर्ज किया कि अबू हुरैरा, अल्लाह उससे प्रसन्न हो सकता है, ने कहा कि पैगंबर ने कहा:

छह चीजें सामने आने से पहले अच्छे कर्म करने में जल्दबाजी करें:

दज्जाल;

धुआं;

पृथ्वी का पशु;

पश्चिम से सूर्य का उदय;

और (आपके पसंदीदा में से किसी एक की मृत्यु) या सामान्य कष्ट.

एक और हदीस

इब्न माजा ने अनस बिन मलिक से दर्ज किया कि अल्लाह के दूत ने कहा:

और देखें

छह चीजें सामने आने से पहले अच्छे कर्म करने में जल्दबाजी करें:

पश्चिम से सूर्य का उदय;

धुआं;

जानवर;

दज्जाल; और

(आपके पसंदीदा में से किसी एक की मृत्यु) या

सामान्य कष्ट.

वह अकेले थे जिन्होंने इस संस्करण को रिकॉर्ड किया था। एक और हदीस

अबू दाऊद अत-तयालिसी अबू हुरैरा से दर्ज किया गया है, अल्लाह उस पर प्रसन्न हो सकता है, कि अल्लाह के दूत ने कहा:

ज़मीन से एक जानवर निकलेगा और उसके साथ मूसा की लाठी और सुलेमान की अंगूठी होगी, उन दोनों पर शांति हो। वह लाठी से काफिरों की नाक पर वार करेगा, और अँगूठी से मोमिन का चेहरा चमका देगा, यहाँ तक कि जब लोग खाने के लिए इकट्ठे होंगे, तो काफिरों में से मोमिनों को पहचान लेंगे।

इसे इमाम अहमद ने भी इन शब्दों के साथ रिकॉर्ड किया था:

वह काफ़िरों की नाक पर अँगूठी मारेगा, और लाठी से मोमिन का मुख उज्ज्वल करेगा, यहाँ तक कि जब लोग भोजन के लिये इकट्ठे होंगे, तो एक दूसरे से कहेंगे, हे ईमानवाले, या हे काफ़िर।

इसे इब्न माजा ने भी रिकॉर्ड किया था।

इब्न जुरैज ने बताया कि इब्न अल-जुबैर ने जानवर का वर्णन किया और कहा,

"इसका सिर बैल के सिर के समान है, इसकी आंखें सुअर की आंखों के समान हैं, इसके कान हाथी के कान के समान हैं, इसके सींग हिरन के सींग के समान हैं, इसकी गर्दन शुतुरमुर्ग की गर्दन के समान है" इसकी छाती शेर की छाती के समान है, इसका रंग बाघ के रंग के समान है, इसके कूबड़ बिल्ली के कूबड़ के समान हैं, इसकी पूँछ मेढ़े की पूँछ के समान है, और इसके पैर मेढ़े के पैरों के समान हैं। ऊँट। उसके प्रत्येक जोड़े के बीच बारह हाथ का फासला है। वह मूसा की लाठी और सुलेमान की अंगूठी को अपने साथ बाहर लाएगा।

ऐसा कोई भी आस्तिक नहीं बचेगा जिसके चेहरे पर सफ़ेद धब्बा न बन जाए, जो तब तक फैलता रहेगा जब तक कि उसके परिणामस्वरूप उसका पूरा चेहरा सफ़ेद न हो जाए; और कोई भी काफिर ऐसा न बचेगा जिसके चेहरे पर काला धब्बा हो जाए, जो फैलकर उसके पूरे चेहरे पर काला पड़ जाएगा, फिर जब लोग बाज़ार में एक दूसरे के साथ व्यापार करेंगे, तो कहेंगे, "कितना है" यह, हे आस्तिक?' 'यह कितना है, हे अविश्वासी?' और जब एक घर के सदस्य भोजन करने को एक साथ बैठेंगे, तो वे जान लेंगे कि कौन मोमिन है, और कौन काफिर है।

फिर वह जानवर कहेगा, "ऐ अमुक-अमुक, मजे करो, क्योंकि तुम जन्नत वालों में से हो।"

और कहेगा, "ऐ अमुक, तुम जहन्नम वालों में से हो।"

अल्लाह यही कहता है:

और देखें

और जब उनके ख़िलाफ़ बात पूरी हो जाएगी तो हम उनके लिए ज़मीन से एक जानवर निकाल लाएँगे, जो उनसे बात करेगा, क्योंकि इंसान हमारी आयतों पर यक़ीन से ईमान नहीं लाए।

सूरह अद दुख़ाऩ **44,** आयत **10**

<u>फिर उस दिन की प्रतीक्षा करो जब आकाश से स्पष्ट धुआँ निकलेगा।</u>

से रिवायत है कि मसरूक ने कहा,

"हमने मस्जिद में प्रवेश किया - यानी, किंदाह के द्वार पर कुफ़ा की मस्जिद - और एक आदमी अपने साथियों को पढ़ रहा था,

(वह दिन जब आकाश से स्पष्ट धुआँ निकलेगा)। उसने उनसे पूछा;

'क्या आप जानते हैं कि वह क्या है?' वह धुआँ है जो क़ियामत के दिन आएगा। वह मुनाफ़िकों की सुनने और देखने की शक्ति छीन लेगा, परन्तु ईमानवालों के लिए यह सर्दी के समान होगा।"

उसने कहा,

"हम इब्न मसऊद के पास आए, अल्लाह उस पर प्रसन्न हो, और उसे इसके बारे में बताया। वह लेटा हुआ था, और वह चौंक कर उठ बैठा और कहा,

'अल्लाह ने तुम्हारे नबी से कहा

कह दो,"मैं इसके लिए तुमसे कोई मज़दूरी नहीं माँगता, और न मैं दिखावा करनेवालों में से हूँ।" (38:86).

और यह ज्ञान का हिस्सा है कि जब कोई व्यक्ति कुछ नहीं जानता है, तो उसे कहना चाहिए, 'अल्लाह सबसे अच्छा जानता है।'

मैं आपको इसके बारे में एक हदीस बताऊंगा।

जब क़ुरैश ने इस्लाम का जवाब नहीं दिया और वे जिद्दी हो गए, तो अल्लाह के दूत ने उनके खिलाफ अल्लाह का आह्वान किया कि उनके पास यूसुफ के वर्षों (सूखे और अकाल) के समान वर्ष होंगे। वे इतने थक गए और भूखे हो गए कि उन्होंने हड्डियाँ और मरा हुआ मांस खा लिया। उन्होंने आसमान की ओर देखा, लेकिन उन्हें धुएं के अलावा कुछ नहीं दिखा।"

एक अन्य रिपोर्ट के अनुसार:

"एक आदमी आकाश की ओर देखेगा और उसे अपनी थकावट के कारण अपने और आकाश के बीच धुएँ के धुंध के अलावा कुछ भी दिखाई नहीं देगा।"

---

(3) रोमियों या यूनानियों से युद्ध होगा -- हजरत इजहाक़ के वशं के लोग , जिनकी सख्ंया ७० हजार होगी कुस्तुनतुनिनिया नगर पर कब्जा कर लेंगे। वे नारा - ए - तकबीर (अल्लाह हो - अकबर) कह कर शहर की दीवारें ढाह देंगे और वे नगर में प्रवेश करेंगे । परन्तु वे भी लूट का माल विभाजित ही न कर पाएंगे कि दज्जाल के प्रकट होने की सूचना मिलेगी और वे वापस लौट जाएंगे ।

(4) दज्जाल का प्रकट होना- दज्जाल को झूठा मसीह भी कहा गया है । वह काना होगा और उसके ललाट पर काफ़ , फ़ा और रा , अर्थात कुफ़ के अक्षर लिखे होंगे । वह सफेद गधे पर सवार होगा । यहूदियों की एक बड़ी सेना उसके पीछे होगी । जिधर जाएगा विनाश फैलाता जाएगा । परन्तु मक्का और मदीना के नगर सुरक्षित रहेंगे । अन्त में हजरत ईसा आकर उसे नष्ट कर देंगे । .

(5) इमाम मेंहदी का प्रकट होना- हजरत मोहम्मद की भविष्यवाणी के अनुसार एक व्यक्ति (= ' मेहदी , जिसका उचित मार्ग दर्शन किया गया है) प्रकट होगा । इसका नाम स्वयं हजरत मोहम्मद के नाम पर होगा और आप ही के वंश से उत्पन्न होगा । शीओ का विचार है कि मेहदी ' जन्म ले चुके हैं और यह उनके बारहवें इमाम हैं जिनका नाम मोहम्मद अबुल कासिम था । हजरत मोहम्मद को अबुल कासिम भी कह कर पुकारते थे । यह इमाम अभी अदृश्य हैं , परन्तु कियामत से पूर्व पुनः प्रकट होंगे । सुन्नी मुसलमान अभी तक मेहदी की बाट जोह रहे हैं । (कई लोग भारत तथा अन्य देशों में मेहंदी होने की घोषणा कर चुके हैं) । मेहदी का शासन यद्यपि संक्षिप्त होगा , परन्तु जनता के लिए बहुत आशिष का कारण होगा और इस्लाम का जोर होगा । .

महदी के आगमन से पहले, पृथ्वी अराजकता और अराजकता से भर जाएगी। मुसलमानों के बीच विभाजन और गृहयुद्ध, नैतिक पतन और दुनियादारी प्रचलित होगी। दुनिया में अन्याय और अत्याचार बड़े पैमाने पर होगा. एक राजा की मृत्यु के बाद, लोग आपस में झगड़ते थे, और अभी तक अपरिचित महदी काबा में शरण लेने के लिए मदीना से मक्का भाग जाते थे। वह लोगों द्वारा शासक के रूप में मान्यता प्राप्त महदी होगा। दज्जाल प्रकट होगा और दुनिया में भ्रष्टाचार फैलाएगा। काले बैनरों वाली एक सेना के साथ, जो पूर्व से उसकी सहायता के लिए आएगी, महदी दज्जाल से लड़ेंगे, और उसे हराने में सक्षम होंगे। भगवा वस्त्र पहने और अपने सिर का अभिषेक करते हुए, यीशु पूर्वी दमिश्क में उमय्यद मस्जिद की एक सफेद मीनार (माना जाता है कि यह ईसा की मीनार है) के बिंदु पर उतरेंगे और महदी में शामिल

होंगे। यीशु महदी के पीछे प्रार्थना करेंगे और फिर दज्जाल को मार डालेंगे। गोग और मागोग भी प्रसन्न होंगे .

(6) याजूज और माजूज का निकलना- ये वे लोग हैं जो झगड़ालू अत्याचारी बलात्कारी निर्दयी और दुष्ट हैं । वे एक घाटी में रहते हैं जिसके चारों ओर ऊंची और मजबूत दीवारें बनी हुई हैं । कियामत के निकट यह दीवारें स्वयं गिर पड़ेंगी और मार्ग खुल जाएगा । ये लोग यहां से निकल कर उपद्रव और विनाश फैला देंगे । लोगों को सताएंगे और यहां तक कि ये लोग यरूशलेम में प्रवेश कर हजरत ईसा के अनुयायियों को दुःख दें । उस समय हजरत ईसा उनके विनाश की प्रार्थना करेंगे और और ईश्वर उन्हें नष्ट कर देगा । उनके शव पक्षी उठा ले जाएंगे और उनके तीर - धनुष तथा युद्ध के अन्य शस्त्र सात वर्ष तक मुसलमान जलाते रहेंगे । उनके कारण पृथ्वी पर अकाल पड़ेगा । परन्तु ईश्वर वर्षा कर पृथ्वी को पुनः उपजाऊ बना देगा ।

फुटनोट हिलाली
सूरह कहफ **18**, आयत **94,97**
याजुज और माजूज (गोग और मागोग लोग): उनके बारे में विस्तार से जानने के लिए - कृपया तफसीर अल-कुर्तुबी देखें।
ज़ैनब बिन्त जहश से वर्णित है कि एक दिन अल्लाह के दूत (ﷺ) डर की स्थिति में उसके पास आए और कहा, "ला इलाहा इल्लल्लाह (अल्लाह के अलावा किसी को भी पूजा करने का अधिकार नहीं है)! जो बड़ी बुराई सामने आई है उससे अरबों पर धिक्कार है (उन्हें)। आज याजुज और माजूज (गोग और मागोग लोग) के बांध में इस तरह एक छेद खोल दिया गया है।" पैगंबर (ﷺ) ने अपनी तर्जनी और अंगूठे से एक घेरा बनाया। ज़ैनब बिन्त जहश ने आगे कहा: मैंने कहा, "हे अल्लाह के रसूल!, क्या हम नष्ट हो जाएंगे, हालांकि हमारे बीच धर्मी लोग होंगे?" पैगंबर (ﷺ) ने कहा: "हां अगर अल-खबात* (दुष्ट व्यक्ति) बढ़ गए।" [साहिह अल-बुखारी, 9/7135 (ओ.पी.249)]
* अल-खबात शब्द की व्याख्या अवैध यौन संबंध और नाजायज बच्चों और हर तरह के बुरे काम के रूप में की जाती है। (फत अल-बारी देखें)

(7) हजरत ईसा का पुनः आगमन- कुरआन मजीद में हजरत ईसा के पुनः आगमन का उल्लेख केवल सांकेतिक रूप से पाया जाता है । (सूरा -४ : १५९) परन्तु कुरआन मजीद के टीकाकारों में विशेषकर बैदावी जलालुद्दीन एवं जमखशरि आदि ने सूर :

इमरान और सूर निसा के कुछ की व्याख्या करके यह प्रमाणित करने की चेष्टा की है कि हजरत ईसा , जिन्हें जीवित सशरीर में ईश्वर ने उठा लिया था , पुनः कयामत से पूर्व स्वर्ग से पृथ्वी पर आएंगे । चूंकि कुरान मजीद में हजरत मोहम्मद को अंतिम नबी (खातमुल अमबिया) कहा गया है इसलिये इन टीकाकारों एवं सामान्य मुसलमानों का यह विश्वास है कि जब हज़रत ईसा का पुनः आगमन होगा तो वह कोई नवीन धर्म व्यवस्था अथवा किताब लेकर नहीं आएंगे , बल्कि हजरत मोहम्मद की पैरवी करेंगे । वह सलीब को तोड़ डालेंगे । लोग उन्हें नमाज पढ़ाने के लिए इमाम के स्थान पर खड़ा होने के लिये कहेंगे , परन्तु आप एक नेक मुसलमान के हक में इस पद को ग्रहण करना अस्वीकार कर देंगे । हदीसों में यह भी आया है कि आप विवाह करेंगे और आप की सन्तान भी होगी । मृत्यु प्राप्त करने पर आप हजरत अबु बक़ और हज़रत उमर की कबरों के मध्य में दफ़न किए जाएंगे । आप दज्जाल का वध करेंगे । आपका युग उन्नति एवं सुरक्षा का काल कहलाएगा और आप कियामत का आखिरी चिन्ह ' होंगे (सूरा ४३:६०)

तफ़सीर: इब्न कथिर
सूरह: 4. अन-निसा आयत 159
और किताबवालों में से कोई ऐसा नहीं कि वह अपनी मृत्यु से पहले उस पर ईमान लाए और क़ियामत के दिन उन पर गवाह बन जाए।

 और सर्वशक्तिमान ईश्वर कहता है: (और किताब वालों में से कोई नहीं, सिवाय इसके कि वह अपनी मृत्यु से पहले उस पर विश्वास करेगा, और पुनरुत्थान के दिन वह उन पर गवाह होगा।)
इब्न जरीर ने कहा: व्याख्या करने वाले लोगों ने इसके अर्थ के बारे में मतभेद किया, और उनमें से कुछ ने कहा: इसका अर्थ यह है: (और किताब के लोगों में से एक भी नहीं है सिवाय इसके कि वे उस पर विश्वास करेंगे) यीशु में अर्थ (उनकी मृत्यु से पहले) अर्थ: यीशु की मृत्यु से पहले - यह इंगित करता है कि जब वह मसीह विरोधी को मारने के लिए नीचे आएंगे तो वे सभी उस पर विश्वास करेंगे। इसलिए सभी संप्रदाय एक हो गए, और यह इस्लाम का सच्चा धर्म है, का धर्म इब्राहीम, शांति उस पर हो।
उल्लेख किया गया कि ऐसा किसने कहा:
इब्न बशर ने हमें बताया, अब्द अल-रहमान ने हमें बताया, सुफियान ने हमें बताया, अबू हुसैन के अधिकार पर, सईद बिन जुबैर के अधिकार पर, इब्न अब्बास के अधिकार पर: (और किताब के लोग उस पर विश्वास करेंगे) अपनी मृत्यु से पहले)

उन्होंने कहा: मरियम के पुत्र यीशु की मृत्यु से पहले। अल-अवफी ने इब्न अब्बास के अधिकार पर यही बात कही।

अबू मलिक ने अपने कथन में कहा: (सिवाय इसके कि वह अपनी मृत्यु से पहले उस पर विश्वास कर सके) उसने कहा: तभी मरियम का पुत्र यीशु, जिस पर शांति हो, अवतरित हुआ, और किताब के लोगों में से एक भी नहीं रहेगा जो उस पर विश्वास नहीं करता.

अल-दहाक ने कहा.

तफ़सीर: इब्न कथिर

सूरह: **43.** अज़-ज़ुखरुफ़ आयत **60**

यदि हम चाहते तो तुम्हारे उत्तराधिकारी के रूप में धरती पर तुम्हारे बीच फ़रिश्ते बना सकते थे।

और उनका कहना: (और अगर हम चाहते तो हम तुमसे बन सकते थे) मतलब: उसने तुम्हारी जगह (पृथ्वी पर स्वर्गदूतों को ले लिया है जो तुम्हारे उत्तराधिकारी होंगे)। अल-सुद्दी ने कहा: वे उसमें तुम्हारे उत्तराधिकारी होंगे। इब्न अब्बास और क़तादा ने कहा: वे एक दूसरे के सफल होते हैं, जैसे आप में से कुछ एक दूसरे के सफल होते हैं। इस कथन के लिए पहले की आवश्यकता है. मुजाहिद ने कहा: ये तुम्हारी जगह ज़मीन आबाद कर देंगे।

फुटनोट हिलाली

सूरा **3** आयत **55**

ईसा (यीशु) का आगमन (वंश), [मरियम (मैरी) का पुत्र] ['अलैहिस्सलाम]।

क) अबू हुरैरा [राधि-यल्लाह 'अन्हु] से रिवायत है: अल्लाह के दूत (ﷺ) ने कहा, "उसके द्वारा जिसके हाथ में मेरी आत्मा है, निश्चित रूप से ['ईसा (यीशु)], मरियम (मरियम) का पुत्र जल्द ही हमारे बीच में उतरेगा आप (मुसलमान), और कुरान के कानून के अनुसार मानव जाति का न्याय करेंगे (एक न्यायपूर्ण शासक के रूप में); वह क्रॉस को तोड़ देगा और सूअरों को मार डालेगा और कोई जजिया नहीं होगा* (यानी गैर-मुसलमानों से कर लिया जाएगा) .पैसा इतनी बहुतायत में होगा कि कोई भी इसे स्वीकार नहीं करेगा, और अल्लाह के सामने एक सज्दा (प्रार्थना में) पूरी दुनिया और उसमें जो कुछ भी है उससे बेहतर होगा। अबू हुरैरा ने कहा: "यदि आप चाहें, तो आप (कुरान की यह आयत) पढ़ सकते हैं: "और पवित्रशास्त्र (यहूदी और ईसाई) के लोगों में से कोई भी उस पर विश्वास नहीं करता है [यानी। 'ईसा (जीसस)

['अलैहिस्सलाम] को अल्लाह के दूत और एक इंसान के रूप में] उनकी ['ईसा (जीसस) ['अलैहिस्सलाम] या एक यहूदी या एक ईसाई] की मृत्यु से पहले, और पुनरुत्थान के दिन , वह ['ईसा (यीशु) ['अलैहिस्सलाम]] उनके खिलाफ गवाह होगा।" (व.4:159)

(फत अल-बारी देखें।) कुशमैहानी के उद्धरण के अनुसार अल-हर्ब के स्थान पर अल-जज़ियाह शब्द है। [साहिह अल-बुखारी, 4/3448 (ओ.पी.657)]।

बी) अबू हुरैरा [राधि-यल्लाहु 'अन्हु] से रिवायत है: अल्लाह के दूत (ﷺ) ने कहा: "जब मरियम (मरियम) का बेटा [यानी 'ईसा (यीशु) ['अलैहिस्सलाम]] तुम्हारे बीच आएगा तो तुम कैसे होगे , और वह लोगों का न्याय कुरान के कानून के अनुसार करेगा न कि इंजील (सुसमाचार) के कानून के अनुसार।" (फतह अल-बारी) [साहिह अल-बुखारी, 4/3449 (ओ.पी.658)]

 * जजिया: गैर-मुसलमानों पर लगाया गया कर (जो इस्लाम अपनाने के बजाय अपना धर्म रखेंगे) 'ईसा (यीशु) ['अलैहिस्सलाम] द्वारा स्वीकार नहीं किया जाएगा, लेकिन सभी लोगों को इस्लाम अपनाने की आवश्यकता होगी और कोई विकल्प नहीं होगा.

दण्ड एवं पुरस्कार- कियामत के पश्चात जब समस्त मृतक जीवित कर दिए जाएंगे तब वे ईश्वर के समक्ष अपने कर्मों के दण्ड और पुरस्कार के लिये उपस्थित होंगे । सदाचारी मुसलमान बहिश्त (स्वर्ग) में प्रवेश पाएंगे और दुराचारी मुसलमान , काफिर तथा बहुईश्वर उपासक नरक (दोजख) में डाल दिए जाएंगे । नबियों और महात्माओं के निवेदन एवं प्रार्थना से दुष्ट मुसलमान नरक की आग से तथा पापों से मुक्त होकर स्वर्ग में प्रवेश करेंगे । दण्ड और पुरस्कार का विस्तृत विवेचन इस प्रकार है : -

(1) तराजू मीजान- एक तराजू होगी जिसमें लोगों के शुभ और अशुभ कार्य तौले जाएंगे । जिनका शुभकार्यों का पलड़ा भारी होगा वे स्वर्ग में जाएंगे और जिनका अशुभ कार्यों का पलड़ा भारी होगा वे नरक में जाएंगे . । (सूरा- २३ : १०२,१०३) । एक विचार यह भी है कि प्रत्येक व्यक्ति का कर्म पत्रक उसके हाथ में दिया जाएगा । सदाचारी इसे पढ़कर हर्षित होगा जाएगा ।

(2) पुल सरात– अधिक बारीक है जो और उसका मुख तेजोमय हो उठेगा तथा काफ़िर का सरात यह एक पुल है जो तलवार की धार के समान तीक्ष्ण और सिर के बाल मुख काला हो से भी नरक के ऊपर स्थित है । सब को इस पर से होकर गुजरना

पड़ेगा । कुछ सुरक्षित रूप से इसे पार कर लेंगे और कुछ कट कर नीचे नरक में जा गिरेंगे ।

(3) हौज (कुण्ड) - प्रत्येक नबी के पास एक कुण्ड होगा । इस कुण्ड से वे अपने अनुयायियों को स्वर्ग में प्रवेश होने से पूर्व वे पानी पिला कर उनको तृप्त करेंगे। हजरत मोहम्मद का कुण्ड सबसे बड़ा होगा , इतना बड़ा कि लहर को एक सिरे से दूसरे सिरे तक पहुंचने के लिए एक मास का समय लगेगा । इसका पानी शहद से मीठा और दूध से सफेद होगा । कुछ विद्वान इसी कुंड को ' कौसर का कुण्ड मानते हैं।

(4) अल - एराफ़ - एराफ़ ' वास्तव में ऊंचाइयों को कहते हैं। अल - एराफ़ से अभिप्रेत है विश्वास ऊंचे स्थान जिन पर अल्लाह के विशेष बन्दे पदासीन होंगे। नबी और शहीद पदासीन होंगे। यह एक ऐसा स्थान है जो स्वर्ग और नरक के मध्य स्थित है। कुरआन मजीद में एक सूरा का नाम भी अल - एराफ़ है। यह एक दीवार   है जो नरक और स्वर्ग की सतह से ऊंची है। कुछ विद्वानों का मत है कि इस स्थान पर वे लोग रहेंगे जिनके शुभु अशुभ कार्य समान होंगे क्योंकि यह ऐसे लोग होंगे जो न तो दण्ड के और न ही परुस्कार के योग्य होंगे।

तक़दीर (किस्मत , भाग्य)

तक़दीर का अर्थ - तक़दीर ' कदर ' शब्द से बना है, जिसका अर्थ है भाग्य । सूरा अल कमर में आया है: ' निश्चय ही हमनेहर चीज एक नियत अन्दाज के साथ पैदा की है। (सूरा-५४:४९) इसका अभिप्राय यह है कि प्रत्येक अच्छी और बुरी वस्तु के लिये अल्लाह के ज्ञान में एक अन्दाजा निश्चित है और प्रत्येक वस्तु को उत्पन्न करने के पूर्व अल्लाह उसे जानता है। अल्लाह के इस ज्ञान अथवा अन्दाज को ' तकदीर ' कहते हैं। कोई अच्छी या बुरी बात अल्लाह के ज्ञान और अन्दाज से बाहर नहीं । एक और सूरा में' तकदीर ' शब्द का अर्थ इस प्रकार किया गया है. 'कह दो हमें कुछ नहीं प्राता सिवाय उसके जो अल्लाह ने हमारे लिये लिख दिया " । (सूरा:९:५१)

प्रत्येक मुसलमान को यह स्वीकार करना आवश्यक है कि अच्छाई और बुराई सब अल्लाह की ओर से निश्चित है।जो कुछ हो चुका हैऔर जो कुछ होगा वह सब अनादि में ईश्वर ने निश्चित कर दिया है जो सुरक्षित पट्टिका पर अंकित है। इसका उल्लेख सूरा यासीन में इस प्रकार पाया जाता है- ' हर चीज को हमने एक खुली किताब में अंकित कर रखा है। (सूरा-३६:१२) मोमिन का विश्वास , तपस्वी की तपस्या और अच्छे कर्म सब ईश्वर के ज्ञान ,और संकल्प और इच्छा में थे, जो उसके आदेश से सुरक्षित पट्टिका पर लिखेथे। काफ़िर का कुफ और दराचारी का दुराचार , पापी के दुष्ट कृत्य जो वह करता है, वे सब अल्लाह के ज्ञान , संकल्प और इच्छा में थे तथा

उसकी ओर से हैं। यद्यपि वह अल्लाह को पसन्द नहीं , यदि कोई पूछे कि अल्लाह ने बुराई को क्यों पैदा किया है तो हम केवल यही उत्तर दे सकते हैं कि हम उसकी इच्छा को समझ नहीं सकते। मनुष्य के समस्त कार्य अल्लाह के ही संकल्प और उसकी सामर्थ के कारण ही घटित होते हैं। अल्लाह को इनका ज्ञान आदि से ही है। उसे यह ज्ञान है कि अमुक समय , अमुक स्थान पर यह कार्य या बात घटेगी । अब प्रश्न यह उत्पन्न होता हैकि क्या मनुष्य ईश्वरीय संकल्प का बन्दी है, अर्थात क्या वह केवल एक निमित्त मात्र है? इसका उत्तर देते हुए मुसलमान विद्वान यह कहते हैं कि मनुष्य अपने कर्मों में ईश्वर - इच्छा का बन्दी नहीं है।

तक़दीर विषयक प्रगति शील मान्यता तक़दीर अर्थात मनुष्य कब कौन से शुभ कार्य करेगा और कौन से अशुभ कार्य करेगा , यह सब अल्लाह की ओर से ही नियत है। इस सिद्धांत पर विश्वास करना प्रत्येक मुसलमान का कर्तव्य है।

 परन्तु आधुनिक सुधारकों ने उपरोक्त सिद्धांत को एक अन्य कुरआनी आयत के अनुसार मानने से इंकार कर दिया है, जिसमें इस प्रकार आया है-- ' निस्सन्देह अल्लाह किसी जाति की दशा नहीं बदलता जब तक कि वह स्वयं अपने आप को नहीं बदलती " । (सूरा-१३:११)

इन सुधारकों का कथन है कि जब तक प्रत्येक व्यक्ति स्वयं अपने कर्तव्त य का पालन नहीं करेगा तब तक इस्लामी जाति की दशा में परिवर्तन नहीं हो सकेगा । परन्तु यह स्मरण रहे कि तकदीर के विश्वास ने मुसलमान जाति पर एक बड़ा अच्छा प्रभाव भी डाला है और वह यह है कि वह जाति प्रत्येक घटना को अल्लाह का आदेश मान कर उसका धन्यवाद करती है।

मौलाना मौदूदी , जो पाकिस्तान में इस्लाम के उच्च कोटि के विद्वान हैं, लिखते हैं- ' धर्म एक सामर्थ्यवान   ईश्वर पर विश्वास लाने का निमंत्रण देता है, जिसका अभिप्राय यह है कि हम और वातावरण की समस्त वस्तएु ईश्वर के अधीन हैं और उसकी सामर्थ्य सब को ढंके हुए है। दूसरों ओर धर्म हमें नतितिक व्यवहार के प्रति भी जागरूक करता है, अर्थात शुभ और अशुभ में अतंर की प्रेरणा देता है तथा इस बात की घोषणा करता है कि यदि हम सीधे मार्ग पर चलेंगे तो मक्तिुक्ति पाएंगे और यदि कुपथ पर चलेंगे तो दण्ड अर्जित करेंगे। यह बात उस समय ही विवेकशील एवं उचित प्रतीत हो सकती है जब हम जीवन के पथ पर चलने के निर्णयर्ण में स्वतंत्र हों ।

संदर्भ पुस्तक– इस्लाम एक परिचय, मसीही आध्यात्मिक ग्रंथ माला, मध्य प्रदेश

तफ़सीर: इब्न कथिर

सूरह: **54.** अल-क़मर आयत **49**

हमने सब कुछ नियति से बनाया है

और उसका कहना: (वास्तव में, हमने सब कुछ एक आदेश के साथ बनाया), जैसे उसका कहना: (और उसने सब कुछ बनाया और उसे एक आदेश के अनुसार निर्धारित किया) [अल-फुरकान: 2] और उसका कहना: (अपने भगवान के नाम की महिमा करो, परमप्रधान, जिसने इसे बनाया और अनुपातित किया, और जिसने आदेश दिया और मार्गदर्शन किया) [अल-अला: 1-3] अर्थ: उसने एक आदेश दिया, और उसने प्राणियों को अपने पास निर्देशित किया; इसीलिए, इस महान आयत के साथ, सुन्नत के इमामों ने ईश्वर की रचना से पहले उसकी पूर्वनियति को साबित करने के लिए सबूतों का इस्तेमाल किया, यानी, उनके अस्तित्व से पहले चीजों का उनका ज्ञान और उनके निर्माण से पहले उनके बारे में उनका लेखन। उन्होंने इस आयत के साथ जवाब दिया और इसी तरह की आयतें, और हदीसों से इसके अर्थ के बारे में क्या बताया गया था, जो कादरिया संप्रदाय द्वारा सिद्ध किया गया है, जो साथियों के युग के अंत में प्रमुखता से उभरा।   हमने इस विषय और इसमें उल्लिखित हदीसों पर "सहीह अल-बुखारी" से "विश्वास की पुस्तक" की व्याख्या में विस्तार से चर्चा की है, भगवान उस पर दया कर सकते हैं। आइए हम यहां इस महान कविता से संबंधित हदीसों का उल्लेख करें:

अहमद ने कहा: वाकी ने हमें बताया, सुफियान अल-थावरी ने हमें बताया, ज़ियाद बिन इस्माइल अल-सहमी के अधिकार पर, मुहम्मद बिन अब्बद बिन जाफ़र के अधिकार पर, अबू हुरैरा के अधिकार पर, जिन्होंने कहा: कुरैश के बहुदेववादी पैगंबर के पास आए - भगवान उन्हें आशीर्वाद दें और उन्हें शांति प्रदान करें - उनके साथ भाग्य के बारे में बहस कर रहे थे, तो यह पता चला: (जिस दिन उन्हें आग में घसीटा जाएगा, उन्होंने अपने चेहरे पर सक्र का स्पर्श चखा .)

सूरा तौबा **9,** आयत **51**

कह दो, "हमें कुछ नहीं होगा, सिवाय इसके कि ईश्वर ने हमारे लिए क्या आदेश दिया है। वह हमारा स्वामी है। और ईमानवालों को ईश्वर पर भरोसा रखना चाहिए।"
 तो सर्वशक्तिमान ईश्वर ने अपने दूत - ईश्वर की प्रार्थना और शांति उस पर हो - को इस पूर्ण शत्रुता में उन्हें जवाब देने के लिए निर्देशित किया, और उन्होंने कहा: (कहो), जिसका अर्थ है: उन्हें, (भगवान ने जो आदेश दिया है उसके अलावा हमारे साथ कुछ भी नहीं होगा) हमें), जिसका अर्थ है: हम ईश्वर की इच्छा और नियति के अधीन हैं।

(वह हमारा स्वामी है), जिसका अर्थ है: हमारा स्वामी और शरण। (और ईश्वर पर विश्वास करने वालों को अपना भरोसा रखना चाहिए।) यानी, हम उस पर भरोसा करते हैं, और वह है हमारे लिए पर्याप्त है और वह मामलों का सबसे अच्छा निपटानकर्ता है।

सूरा यासीन **36**, आयत **12**

निस्संदेह, हम मुर्दों को जीवित करते हैं और जो कुछ उन्होंने आगे बढ़ाया और जो कुछ उन्होंने पीछे छोड़ दिया, उसे हमने दर्ज कर लिया है और हमने हर चीज़ को स्पष्ट रूप में दर्ज कर लिया है।

 तब सर्वशक्तिमान ईश्वर ने कहा: (यह हम ही हैं जो मृतकों को पुनर्जीवित करते हैं) अर्थ: पुनरुत्थान के दिन, और यह इंगित करता है कि सर्वशक्तिमान ईश्वर अविश्वासियों के बीच जिसके दिल को चाहता है, उनके दिलों को पुनर्जीवित करता है, जिनके दिल गुमराही में मर गए हैं, और फिर उन्हें मार्गदर्शन देता है सच्चाई, जैसा कि सर्वशक्तिमान ईश्वर ने दिलों की कठोरता का उल्लेख करने के बाद कहा था: (जान लो कि ईश्वर पृथ्वी को उसकी मृत्यु के बाद जीवन देता है। हमने आपके लिए संकेत स्पष्ट कर दिए हैं जिन्हें आप समझ सकते हैं।) [अल-हदीद: 17]।

और उनका कहना: (और जो कुछ वे आगे रखते हैं हम उसे लिखते हैं) अर्थ: कर्मों का। उनके कहने में: (और उनके निशान) दो राय हैं:

उनमें से एक: हम उनके कार्यों को लिखते हैं जो उन्होंने अपने जीवन पर किए, और उनके प्रभावों को जो उन्होंने अपने पीछे छोड़ा है, इसलिए हम उन्हें इसके लिए भी इनाम देते हैं। यदि यह अच्छा है, तो अच्छा है, और यदि बुरा है, तो फिर बुराई, जैसा कि पैगंबर, शांति और आशीर्वाद उस पर हो, ने कहा: "जो कोई भी इस्लाम में एक अच्छा अभ्यास स्थापित करता है, उसे इसका इनाम मिलेगा और जो कोई भी उसके बाद उस पर काम करेगा उसका इनाम होगा।" किसी भी तरह से उनके पुरस्कार में कटौती किए बिना रास्ता, और जो कोई इस्लाम में कोई बुरी प्रथा शुरू करेगा, वह इसका बोझ और उसके बाद इस पर अमल करने वालों का बोझ उठाएगा, बिना किसी भी तरह से उनके बोझ को कम किए बिना।

इसे मुस्लिम ने शुबाह की रिवायत से, औन बिन अबी जुहैफा के अधिकार पर, अल-मुंधिर बिन जरीर के अधिकार पर, अपने पिता जरीर बिन अब्दुल्ला अल-बाजली के अधिकार पर सुनाया था, भगवान उससे प्रसन्न हो सकते हैं, और इसमें मुजतबी की कहानी शामिल है…

पवित्र आत्मा

पवित्र आत्मा की व्याख्या देवदूत गेब्रियल, आध्यात्मिक शक्ति आदि के रूप में की गई है। मुस्लिम अवधारणा ट्रिनिटी के ईसाई सिद्धांत में तीसरा व्यक्ति नहीं है।

अल सद्दी और काब ने लिखा, "पवित्र आत्मा गेब्रियल है, और यीशु का समर्थन उसके साथी और मित्र होने, जहां भी वह गया, उसकी मदद करना और उसका साथ देना था, जब तक कि उसे स्वर्ग में नहीं ले जाया गया।"

इब्न जुबैर ने समझाया, "पवित्र आत्मा अल्लाह का सर्वोच्च नाम है और इसके द्वारा यीशु मृतकों को जीवित कर रहे थे।" इब्न अब्बास ने घोषणा की, "चूंकि यह वह आत्मा थी जो उसमें फूंकी गई थी और पवित्र व्यक्ति अल्लाह है इसलिए वह अल्लाह की आत्मा है।"

एक दिन में ईश्वर के पास आरोहण (=50,000 वर्ष), अल-मारिज 70:4
 परमेश्वर के आदेश पर, बानी इस्राएल 17:85; अल-मुमीन 40:15
 मनुष्य में सांस ली, अल-हिज़्र 15:29; यथा-सजदा 32:9; दुखद 38:72
 तहरीम 66:12 में इमरान की बेटी मरियम में सांस ली
 जकारिया की पत्नी, अल-अनबिया' 21:91 में सांस ली। जकारिया देखें.
 दिया गया रहस्योद्घाटन, एन-नहल 16:102
 यीशु पर उतरा,
``जैसे ही यीशु ने बपतिस्मा लिया, वह पानी से बाहर आ गया। उसी क्षण स्वर्ग खुल गया, और उस ने परमेश्वर की आत्मा को कबूतर के समान उतरते और अपने ऊपर प्रकाश करते देखा" (मत्ती 3:16)
 स्वर्गदूतों के साथ उतरो, अल-क़द्र 97:4
 परमेश्वर की आत्मा को निराश करो, यूसुफ़ 12:87
 मुहम्मद में ईश्वर की आज्ञा की भावना प्रेरित की गई, अश-शूरा 42:52
 यीशु, ईश्वर की ओर से एक आत्मा, अन-निसा '4:171
 यीशु को बपतिस्मा देने के लिए ~,
 [जॉन बैपटिस्ट ने कहा:] 'मैं तुम्हें पश्चाताप के लिए पानी से बपतिस्मा देता हूं। परन्तु मेरे बाद वह आएगा जो मुझ से अधिक शक्तिशाली है, जिसकी जूतियाँ मैं

उठाने के योग्य नहीं रहूँगा। वह तुम्हें पवित्र आत्मा और आग से बपतिस्मा देगा।" (मत्ती 3:11)

 * QN: यदि पवित्र आत्मा देवदूत गेब्रियल है, जैसा कि मुस्लिम मानते हैं, तो गेब्रियल से बपतिस्मा लेने का क्या मतलब है?

मरियम को भेजा गया, मरियम 19:17

उसके आदेश की भावना, अन-नहल 16:2

स्वर्गदूतों के साथ खड़े रहो, अन-नाबा' 78:38

विश्वासियों को मजबूत करता है, अल-मुजादिलाह 58:22

यीशु को मजबूत किया, अल-मैदा 5:110

यीशु का समर्थन किया, अल-बकराह 2:87,254

सच्ची आत्मा, रहस्योद्घाटन लाया, राख-शुअरा '26:193

BIBLE.CA

क्या बुखारी व मुस्लिम की सभी हदीसे विश्वसनीय है?

तहरीम की घटना

नबी सल्लल्लाहु अलैहि वसल्लम की पत्नियों में से किसी ने किसी चीज़ के बारे में अपनी नापसंदगी जाहिर की थी । इसलिए आपने उनका दिल रखने की खातिर उस चीज़ को कसम खा कर अपने ऊपर हराम कर लिया । यह बात यद्यपि आप के अपने व्यक्तित्व तक सीमित थी और इसे राज में रखने की हिदायत भी आपने अपनी उस पत्नी को कर दी थी । किंतु नबियों की मामूली चूक पर भी अल्लाह तआला आलानिया उन्हें सजग करता है ताकि समय रहते ही उनका सुधार हो और उनके चरित्र पर कोई आंच न आने पाये । और लोगों के लिए सही वा सच्ची रहनुमाई का सामान हो । यह मात्र एक चूक थी , और अपने ऊपर हराम करना इस अर्थ में नहीं था कि अल्लाह ने उस चीज़ को हराम ठहराया है , बल्कि इस अर्थ में था मैंने उससे खुद ही परहेज़ करने के लिए संकल्प कर लिया है । अल्लाह तआला ने जहां आपको इस चूक पर सजग किया वही इस चूक की क्षमा का एलान भी कर दिया जैसा कि आयत के आखिरी हिस्से से स्पष्ट है । अब जिस चीज़ को अल्लाह क्षमाकर चुका हो उस पर किसी को उंगली उठाने का कोई हक़ नहीं है । नबी सल्लल्लाहु अलैहि वसल्लम ने क्या चीज अपने ऊपर हराम कर दी थी , इसकी पुष्टि क़ुरआन ने नहीं की और न नबी सल्लल्लाहु अलैहि वसल्लम ने हदीस में इसका स्पष्टीकरण किया तो हम उसको कुरेदने की कोशिश क्यों करें ? क़ुरआन के संक्षिप्त बयान पर जो मूल उद्देश्य को पूरा करता है , हमें संतोष करना चाहिए । किंतु रावियों ने कियास (अनुमान) से काम लेकर कुछ घटनाएं बयान की और मुफस्सिरीन ने उनको उद्धृत किया है । उनमें मशहूर दो घटनाएं हैं । एक घटना हजरत मारिया किब्तिया के बारे में है जिन से नबी सल्लल्लाहु अलैहि वसल्लम के पुत्र इब्राहीम जन्मे थे और फिर बचपन ही में उनकी मृत्यु हो गई थी । मारिया किब्तिया से संबंधित एक ऐसी बात नबी सल्लल्लाहु अलैहि वसल्लम से संबद्ध की गई है जो आपके आचरण से किसी भी तरह मेल नहीं खाती और इतनी वाहियात है कि हम उसका उद्धहरण प्रस्तुत करना भी आपकी शान में गुस्ताखी समझते हैं । इमाम नौवी ने भी साफ़ पुष्टि की है कि मारिया के बारे में कोई सही रिवायत मौजूद नहीं है । और अल्लामा शिवली नोमानी लिखते हैं : . यह बहस उसूले रिवायत की बिना पर

थी । दरायत का लिहाज किया जाए तो मुतलक़ कदो- काशिश की हाजत नहीं । जो रकीक बाकिआ इन रिवायतों में बयान किया गया है और खुसूसन तबरी बग़ैरह में जो ज़ुज़ियात मजकूर है वह एक मामूली आदमी की तरफ़ मंसूब नहीं किये जा सकते , न कि उस जाते पाक की तरफ जो तकद्दुस व नजाहत का पैकर था । " (सीरतुन्नबी , उर्दू Vol 1 Page 150) दूसरी घटना शहद को अपने ऊपर हराम करने की है जिसका सार यह है कि नबी सल्लल्लाहु अलैहि वसल्लम अपनी पत्नी सू 66 . जैनब बिन्त जहश के पास कुछ देर ठहरा करते और उनके पास शहद पिया करते थे । हज़रत आइशा का बयान है कि मैने और हफ्सा ने आपस में सहमति की कि वहां से आप जिस पत्नी के पास तशरीफ़ लाएं वह यह कहे कि आपके मुंह से मगाफीर की गंध आ रही है (मग़ाफ़ीर जंगली फूल होते है जिनकी गंध अच्छी नहीं होती) अतएव आप अपनी पत्नियों के पास गए तो उन्होंने यही बात कही । इस पर आपने शहद खाने से इन्कार किया । यह रिवायत यद्यपि मुस्लिम और बुखारी में मौजूद है परन्तु कई कारणों से विश्वस्नीय नहीं है ।

प्रथम–

शहद से संबंधित रिवायतों में बड़ा इज्तिराब है । किसी रिवायत में बयान हुआ है कि आपने शहद हजरत जैनब बिन्त जश के यहां पिया था तो किसी में बयान हुआ है कि आपने शहद हज़रत हफ़्सा के यहां पिया था । सही बुखारी की रिवायतों में भी यह विरोधाभास मौजूद है । (देखिए मुस्लिम किताबुत्तलाक) जब रावी (उल्लेखकर्ता) को इस बारे में दृढ विश्वास नहीं है तो उसकी रिवायत पर किस तरह भरोसा किया जा सकता है ।

द्वितीय– कुछ रिवायतों में बयान हुआ है कि हज़रत आइशा ने केवल हजरत हफ्सा से कहा था कि वे नवी सल्लल्लाहु अलैहि वसल्लम से कहें कि मगाफ़ीर की गंध आती है किंतु दूसरी रिवायतों में बयान हुआ है कि हज़रत आइशा ने यह बात दूसरी पत्नियों से भी कही थी और उन्होंने वैसा ही किया ।

तृतीय– नबी सल्लल्लाह अलैहि वसल्लम की अभिरुचि अत्यंत उच्चकोटि की तथा नफीस थी । आप ऐसा शहद क्यों खाते जिसमें दुर्गंध हो । फिर यह दुर्गंध भी इतनी देर तक रहने वाली थी कि नबी सल्लल्लाहु अलैहि वसल्लम बारी बारी सभी पत्नियों के घर तशरीफ़ ले गए और अंतिम समय तक गंध बाकी रही ? यह मात्र कहानी नहीं तो क्या वास्तविकता है ?

चतुर्थ— शहद एक हलाल चीज ही नहीं बल्कि उसके साथ की विशेषता कुअन में यह बयान हुई है कि वह लोगों के लिए शिफा (रोग निवारक) है । (सूरह नहल आयत

69) और नबी सल्लल्लाहु अलैहि वसल्लम उसको पीने पर लोगों को उभारते रहते थे , ऐसी चीज़ आप अपने ऊपर क्यों हराम करते ?

पंचम्– बुखारी ही की एक हदीस में जो हज़रत इब्ने अब्बास से उल्लिखित है और जिस में हज़रत उमर ने नाराजगी जाहिर करने के लिए एक करने वालियों के नाम आइशा और हफ्सा बतलाए हैं परन्तु इसमें शहद की घटना का कोई वर्णन नहीं है । बल्कि सारी पत्नियों की तरफ से नफ्का (खर्च) में वृद्धि की मांग पर नबी सल्लल्लाहु अलैहि वसल्लम की रंजिश और फिर एक माह तक अपनी पत्नियों से अलग रहने की घटना बयान हुई है और इसके साथ आपकी पत्नियों को आपके साथ रहने न रहने का अधिकार देने की घटना को भी जोड़ दिया गया है हालांकि साथ रहने के अधिकार वाली घटना सन 5. हिजरी की है जिसके बारे में सूरह अहज़ाब की आयत 28 अवतरित हुई थी और सूरह अहजाब का अवतरण सन 5 हिजरी हुआ था जब कि सूरह तहरीम सन 9 हिजरी में अवतरित हुई है । इस से अंदाजा हुआ होगा कि सूरह तहरीम की आयतों की तफ़सीरी रिवायतों में बहुत ज्यादा उलझाव है । इसलिए इन रिवायतों को मात्र प्रमाण के आधार पर स्वीकार नहीं किया जा सकता और कुर्आन के संक्षिप्त बयान पर संतोष करने में ही सलामती है और विशेष रूप से इसलिए भी कि नबी सल्लल्लाहु अलैहि वसल्लम की मुबारक हस्ती पर कोई उंगली उठने का सामान नहीं होना चाहिए और न आपकी पवित्र पलियों के बारे में यह बातें कही जा सकती हैं कि उन्होंने आपके विरुद्ध कोई साजिश की थी । जो घटना भी घटी और अल्लाह ही बेहतर जानता है कि वह घटना क्या थी । चूक की तरह का था परन्तु उस चूक पर आपकी पत्नियों को आगे जो कड़ी तंबीह की गई है वह इसलिए की गई है कि उनका मामला एक नबी से और उनका स्थान उम्महातुलमोमिनीन (मोमिनों की मां) का था । 2. अर्थात् ऐसी क़समों को जो अल्लाह की हलाल की हुई चीज़ को अपने ऊपर हराम कर देने के उद्देश्य से खाई गई हो , खोल देना शरीअत में बिलकुल जायज़ है अतः उनको ख़त्म कर देना चाहिए । रही बात क़सम तोड़ने के क़फ़्फारे (प्रायश्चित) की तो इसका हुक्म सूरह माइदा आयत 89 में बयान हुआ है । ध्यान रहे कि सूरह माइदा पहले नाज़िल हो चुकी थी और सूरह तहरीम बाद में नाजिल हुई है 1 3. नबी सल्लल्लाहु अलैहि वसल्लम ने अपनी किसी पत्नी से राज में एक बात कही थी किन्तु उन्होंने यह बात आपकी दूसरी पत्नी पर खोल दी । अल्लाह तआला ने आपको इस से अवगत किया । आपने राज़ को खोल देने वाली पत्नी को इस बात से आगाह किया कि से तुमने यह राज़ की बात खोल दी । परन्तु आपने अपने विनम्र स्वभाव के कारण इसको सरसरी तौर पर अभिव्यक्त किया इस पर कड़ी पकड़ नहीं की बल्कि दरगुज़र से काम लिया । उन्होंने आश्चर्य से पूछा कि

आपको इसकी खबर किसने दी । आपने फ़रमाया मुझे अल्लाह तआला ने जो कि सब कुछ जानने वाला और सब की खबर रखने वाला है उसने इससे अवगत किया । यह राज की बात क्या थी इसकी पुष्टि न कुरआन ने की और न नबी सल्लल्लाहु अलैहि वसल्लम ने ही इसकी कोई पुष्टि की । और इसके स्पष्टीकरण का प्रश्न उठता भी नहीं क्योंकि आपकी एक पत्नी द्वारा दूसरी पत्नी पर राज जाहिर कर देने ही पर चेतावनी आई है तो हमारा उस राज़ की बात की खोज लगाने के पीछे जुटना और इस बारे में अपने अपने अंदाजे व्यक्त करना किस तरह उचित वा जायज़ होता है रिवायतों में लोगों के अपने अपने अनुमान मौजूद है और तफ़सीरें भी इस से खाली नहीं है । हम इन रिवायता का उल्लेख करना अनावश्यक समझते हैं । इनका कोई महत्व अथवा कोई वज़न उक्त कारणों के आधार पर ही नहीं किया जा सकता । अलबत्ता प्रसंग से यह बात स्पष्ट है कि यह कई घटनाएं नहीं थी बल्कि एक ही घटना थी और वह थी नबी सल्लल्लाहु अलैहि वसल्लम का किसी चीज़ को अपने ऊपर हराम कर देना और वह बात थी जो आपने राज़ के तौर पर अपनी एक पत्नी से कोई बात कही थी । किंतु जैसा कि हम ऊपर स्पष्ट कर आए हैं कि यह क्या चीज थी हमें नहीं मालूम । आयत से एक बात यह भी मालूम हुई कि नबी सल्लल्लाहु अलैहि वसल्लम पर कुरआन के अलावा भी वहा आती थी क्योंकि राज़ को खोल देने की जो खबर आपको अल्लाह तआला ने दी थी उसका वर्णन कुरआन में सूरह तहरीम से पहले कही भी नहीं हुआ है । और यह बात अधिकांश दलीलों में साबित है कि आप पर कुरआन के अलावा भी बह्य आती थी ।

4. तुम दोनों से तात्पर्य नबी सल्लल्लाहु अलैहि वसल्लम की दो पत्नियां है जिनमें से एक ने दूसरी पर राज़ की बात खोल दी थी । ये दोनों कौन थी इसकी पुष्टि कुरआन ने नहीं की क्योंकि हमारे लिए इसको जानना जरूरी नहीं रिवायतों में एक उल्लेखकर्ता ने दो नाम पेश किए हैं दूसरे उल्लेखकर्ता ने दूसरे नाम पेश किये हैं । अतः बुखारी की रिवायत में हजरत आइशा और हजरत हफ़्सा का नाम लिया गया है (किताबुत्तलाक) तो मुस्लिम की रिवायत में हजरत आइशा हजरत सौदा और हजरत सक्रिया के नाम लिये में गए हैं (किताबुत्तलाक) रिवायतों के इस विरोधाभास को देखते हुए पत्नियों में से किसी का नाम ले कर उन पर यह आरोप लगाना सही नहीं है । कुछ भी हो जिस पत्नी ने राज़ की बात दूसरे से कह दो थी वह तो दोषी थीं ही किंतु उन्होंने जिस पत्नी को राज की बात बतायी थी वह भी दोषी थीं । उनका दोष संभवतः यह था कि उन्होंने राज़ की बात सुनकर यह महसूस किया कि नमी सल्लल्लाहु अलैहि वसल्लम ने उनसे यह बात छिपाई थी और इस कारण आपसे नाराज हो गई । इसलिए दोनों पत्नियों को तौबा की हिदायत की गई जिसमें यह

संकेत भी निहित था कि यद्यपि उनका जाहिरी रवैया यह है परन्तु उनको अपनी गलतियों पर आत्म ग्लानि है और उनके दिल प्रायश्चित के लिए उत्सुक हैं । साथ ही उन्हें सजग किया गया कि अगर तुम दोनों ने मिलकर नबी सल्लल्लाहु अलैहि वसल्लम से नाराज़गी बरकरार रखी तो याद रखो नाराजगी का यह मामला किसी व्यक्ति से नहीं बल्कि उस व्यक्तित्व से है जो नुबुवतके पद पर नियुक्त है और जिसका संरक्षक और साथी अल्लाह तआला है और जिसके सहायक जिब्रील , नेक ईमान वाले और फ़रिश्ते हैं । ऐसी उत्कृष्ट हस्ती से तुम नाराज़ हो कर क्या हासिल करने वाली हो और इस नाराजगी से नबी सल्लल्लाहु अलैहि वसल्लम की मुबारक मजलिस हरगिज़ सूनी पड़ने वाली नहीं । नेक ईमान वालों का मददगार होना सामान्य अर्थों में है इसी तरह फ़रिश्तों का सहायक होना भी सामान्य अर्थों में है । अस्माए हुस्ना की तफ़सील तिर्मिजी की एक हदीस में बयान हुई है जिसमें अल्लाह तआला के निन्यान्वे नाम गिनाए गए हैं और अवाम में यह हदीस मशहूर है । (देखिए तिर्मिजी अब्ब्याबुद्दावात) लेकिन यह हदीस कुछ कारणों से प्रमाण को नहीं पहुंचती पहली बात तिर्मिज़ी ने इस हदीस का उल्लेख कर के कहा है । कि यह ग़रीब हदीस है और गरीब हदीस कमजोर हदीस की ही एक क़िस्म है । दूसरी बात इसके एक रावी (उल्लेखकर्ता) वलीद बिन मुस्लिम हैं जिसके बारे में मीज़ानुल एतिदाल में विभिन्न मत आए हैं । कुछ मुहद्दिसीन का कहना है कि वे तदलीस कर के झूठे उल्लेखकर्ताओं से रिवायत करते हैं । उन्होंने इमाम मालिक से सद हदीसें ऐसी बयान की हैं जिनकी कोई असल नहीं । (मीज़ानुल एतिदाल इमाम ज़हबी Vol 4 , Page 347) तीसरी बात निन्यान्वे नामों की जो तफ़सील तिर्मिज़ी की इस हदीस में बयान हुई है , उसमें रब , मौला , और नसीर जैसे नामों का कोई उल्लेख नहीं है और न नामों के बयान सुन्दर क्रम पाया जात है जैसे ' अल हैय्यु ' (वह ज़िन्दा है) से पहले अलमुयी (वह ज़िन्दा करने वाला है) का ज़िक्र हुआ है । इसके अलावा यह भी कि इब्ने माजा आदि की हदीस में नामों की जो तफ़सील बयान हुई है उसमें और तिर्मिजी की इस हदीस में नामों का अन्तर है । सार यह कि जिन हदीसों में भी नामों की तफ़सील बयान हुई हैं वे कमज़ोर हैं और उनमें सिर्फ इस क़दमर बयान हुआ है कि अल्लाह के निन्यान्वे नाम है । इसलिए मुहद्दिसीन के एक गरोह ने नामों की इस तफ़सील को मुद्रज माना है अर्थात् असल हदीस बयान करके उल्लेखकर्ता ने अपनी ओर से उसकी व्याख्या के तौर पर ये नाम बयान किये है । यह तफ़सील नबी सल्लल्लाहु अलैहि वसल्लम की फ़रमाई हुई नहीं है । (इस बहस के लिए देखिए फ़हुलबारी Vol 11. Page 178 to 190 और तफ़सीर इब्ने कसीर Vol 2 , Page 296)

आमतौर से मुफस्सरीन (टीकाकार) इस आयत के अंतर्गत नबी सल्लल्लाहो वाले वसल्लम पर जादू की रिवायत नकल करते हैं जिसका सारांश यह है कि मदीना में एक यहूदी ने या एक मुनाफ़िक जो यहूद का हलीफ़ (सहप्रतिज्ञ , मित्र) था और जिसका नाम लबीद बिन आसिम था . आप की कंघी के वालों में जादू कर के इसको एक कुप के अन्दर पत्थर के नीचे दबा दिया था । इस जादू के प्रभाव से आप बीमार हुए और यह दशा हुई कि किसी काम के प्रति यह समझते कि कर लिया है लेकिन नहीं किया होता । कुछ रिवायतों (उल्लेखों) के अनुसार 6 माह तक आप पर इसका असर रहा इसके बाद आप (सल्ल .) को वहय द्वारा सूचित किया गया और मुऔव्विज़तैन अर्थात् कुल अऊजुबिराच्चिल फलक एवं कुल अऊजुविरब्बिन्नास पढ़ने की हिदायत हुई जिस से आप अच्छे हो गये ।

यह रिवायत बुखारी मुस्लिम और दूसरी हदीस की किताबों में नक़ल हुई है किन्तु कुछ कारणवश यह स्वीकार योग्य नहीं :

पहली बात यह कि यह रिवायत क़ुरआन से टकराती है , क्योंकि क़ुरआन नै कुफ्फार के इस इल्ज़ाम को बताया है कि नवी जादू से पीड़ित है । (ज़ालिम कहते हैं कि तुम लोग तो एक ऐसे आदमी के पीछे चल रहे हो जो जादू से पीड़ित है) (बनी इस्राइल 47) . अर्थात कुरआन जिस बात को ग़लत बता रहा है यह रिवायत उसी को सही सावित कर रही है । इसका जवाब इस रिवायत पर यक़ीन करने वाले उलेमा (विद्वान) यह देते हैं कि नबी पर जादू का असर हो सकता है जिस तरह हजरत मूसा को जादूगरों की रस्सियों और लाठियों के बारे में खयाल हुआ था कि वह सांप की तरह दौड़ रही हैं , (सूरह ताहा (66) रहा कुफ्फार का इल्ज़ाम कि नवी एक जादू से पीड़ित व्यक्ति है तो वह इस अर्थ में था कि किसी जादूगर ने आप को पागल बना दिया है जिस को कुरआन ने गलत बताया । व वह कहते हैं कि ' जादू का असर मुहम्मद (सल्लल्लाह अलैहि वसल्लम) के अस्तित्व पर हुआ था उनकी नुबुव्वत इस से बिलकुल अप्रभावित रही । लेकिन यह जवाब मात्र एक धोखा है क्योंकि रिवायत में जादू का यह असर बयान किया गया है कि आप (सल्ल .) " किसी काम के प्रति यह समझते कि कर लिया लेकिन नहीं किया होता अर्थात जादू का असर मआज़ल्लाह आप के ज़ेहन पर हुआ था और वह भी कई माह तक बाक़ी रहा एंव आप (सल्ल .) को इस की खबर उस समय हुई जब कि अल्लाह की वहय ने आप को सूचित किया जब कि हज़रत मूसा का जादूगरों की रस्सियों और लाठियों को सांप के रूप में देखना क्षणिक था । और उन को यह मालूम था कि ये रस्सियां और लाठियां हक़ीक़त में सांप नहीं हैं बल्कि सांप के रूप में दिखायी दे रही हैं । इस लिए इसके देखने से उनको धोखा नहीं हुआ । फिर यह कोई बीमारी नहीं थी जिसमें हज़रत मूसा

मुब्तिला हुए हो इस लिए रिवायत में बयान की गयी जादू की घटनाओं को हज़रत मूसा की घटना जैसा समझना अतर्क संगत है । 3 दूसरी बात यह कि इस घटना को मान लेने से नबियों की इस्मत (नबियों की पवित्रता) पर दोष आता है क्योंकि रिवायत में जादू असर मात्र शरीर पर नहीं बल्कि मस्तिष्क पर भी बताया गया है । स्पष्ट है यह बात नवी के श्रेष्ठतम पद के बिलकुल विपरीत है । इस लिए यह दलील व्यर्थ है कि यदि आप जख्मी हो सकते थे और बीमार हो सकते थे तो आप पर जादू का असर भी हो सकता था । नावियों की इस्मत अर्थात नवियों की मासूमियत उनकी पवित्रता का मसला सभी के नज़दीक माननीय है और क़ुरआन एंव सुन्नत से यही सावित होता है । अतः ऐसी नबी के श्रेष्ठतम पद के विपरीत हो वह हरगिज विश्वस्नीय नहीं हो सकती चाहे वह बुखारी को रिवायत हो या मुस्लिम की । तीसरी बात यह कि जहां तक रिवायत के सिलसिले का मामला है इस में एक रावी (उल्लेखकर्ता) हश्शाम हैं जो यद्यपि विश्वासपात्र हैं किन्तु अल्लामा इब्ने हजर ने तहज़ीबुतहजीव में उन के बारे में एक बात यह भी नक़ल की है कि वह इराक़ जाने के बाद अधिकता के साथ अपने वालिद से रिवायत (उल्लेख) करने लगे थे जिस पर इराक़ वालों ने अप्रसन्नता व्यक्त की थी एंव यह कि मालिक ने इन की उन हदीसों पर जो वह इराक़ वालों के माध्यम से बयान करते थे , नकारते थे । वह तीन बार कूफ़ा आये थे । पहली बार वह इस तरह रिवायत करते मेरे वालिद ने मुझ से बयान किया कि उन्होंने हज़रत आडशा (रजि .) को फ़रमाते हुए सुना और दूसरी बार आये तो इस तरह रिवायत करने लगे मुझे मेरे वालिद ने खेबर दी कि हजरत आइशा (रजि .) से रिवायत है । " और तीसरी बार आये तो इन अल्फाज़ में रिवायत करने लगे । ---- ' मेरे वालिद ने आइशा से रिवायत की है " (तहज़ीवुतहजीव भाग 11 पृष्ठ 50) इस से यह अन्दाजा होता है कि हश्शास यद्यपि विश्वस्नीय उल्लेखकर्ता (सिक्क रावी) थे किन्तु उल्लेख करने में कुछ असावधानी भी उन से होने लगी थी । ऐसी सूरत में उनकी नवी सल्लल्लाहु अलैहि वसल्लम पर जादू वाली रिवायत को जो एक बहुत बड़े मसले में है , उन की असावधानी क्यों न समझा जाये ? चौथी बात यह कि रिवायत के सिलसिले (कम) में एक रावी सुफियान बिन उपैन : है जो यह स्वीकार करते हैं मैंने इसे इब्ने जुरैह से पहली बार सुना । इस पर मौलाना अमीन अहसन साहब की यह आलोचना बिलकुल उचित है कि कि : गोया इस वाकिअ: ने नबी सल्लल्लाहु अलैहि वसल्लम के विसाल (अल्लाह से जा मिलने) के सौ साल बाद शोहरत पायी । इस से पहले इस का इल्म सिर्फ बाज़ (कुछ) अफराद तक महदूद रहा । हर शख्स समझ सकता है कि नऊज़ बिल्लाह अगर हुज़ूर सल्लल्लाहु अलैहि वसल्लम 6 माह तक मसहर (जादू से पीड़ित) रहे होते तो यह वाकिअ:

इतना ग़ैर मामूली (असाधारण) था कि सद्र अव्वल (पहले दौर) ही में इस का चर्चा होता और वह रिवायत एक मुतवातिर (क्रमबद्ध) रिवायत की हैसियत से हम तक पहुंचती । " (तदब्बुरे कुऑन भाग 9 पृष्ठ 666) बात लम्बी न हो जाये इस लिए हम इन चन्द कारणों के बयान को काफ़ी समझते हुए बस करते हैं।

हदीस

कृपया. हदीथ. किसी कथन या कार्य की रिपोर्ट। जैसे-जैसे समय बीतता गया, शरिया प्रथाओं के अधिकार को स्थापित करने के लिए, केवल हदीस रिपोर्टें जो मुहम्मद से उत्पन्न मानी जाती हैं, महत्वपूर्ण हो गईं।

 सहीह (सच्ची) हदीसें: जिन्हें सबसे प्रामाणिक माना जाता है। क़ुदसी हदीसें: हदीसें जो अल्लाह ने जो कहा उसे दर्ज करती हैं।

हदीसों में दो भाग होते हैं: वर्णनकर्ताओं की श्रृंखला (इस्नाद) और पाठ (मैटन)। हदीसों का सबसे पहला संग्रह मुहम्मद की मृत्यु के 1.5 से 2 शताब्दी बाद का है। अल-बुखारी ने 600,000 से अधिक रिपोर्टें एकत्र कीं, लेकिन केवल 7,397 को ही सत्य बताया। हदीसों के छह महत्वपूर्ण मुस्लिम संग्रहों में से बुखारी और मुस्लिम को सबसे विश्वसनीय माना जाता है। उनके संग्रहों को क्रमशः साहिह बुखारी और साहिह मुस्लिम कहा जाता है।

यदि कोई हदीस रिपोर्ट मुतावतिर (यानी सार्वभौमिक, व्यापक, सर्वसम्मति से स्वीकार की गई) नहीं है, तो "अधिकांश विद्वान कहेंगे कि कोई भी इसकी उपेक्षा करने के लिए स्वतंत्र है, हालांकि जरूरी नहीं कि जोखिम के बिना" (लोमैक्स)। [प्रश्न: अब, निश्चित रूप से, यदि उपेक्षा खतरनाक है, तो व्यक्ति को ऐसी हदीसों का पालन करना चाहिए। फिर भी बहुत सारी अलग-अलग हदीसें हैं, और यदि किसी को ऐसे कार्यों के लिए जिम्मेदार ठहराया जाता है, तो सही और गलत का मानदंड क्या है?]

मुहम्मद ने कहा: "सुन्ना कुरान के बिना रह सकता है, लेकिन कुरान सुन्ना के बिना नहीं"।

मुसलमानों का यह भी मानना था कि हदीसें भी दैवीय रूप से प्रेरित हैं। "इस्लाम की शिक्षाएँ मुख्य रूप से कुरान और हदीस पर आधारित हैं, और जैसा कि हम वर्तमान में देखेंगे, दोनों ईश्वरीय प्रेरणा पर आधारित हैं।" (मुहम्मद हमीदुल्लाह, इस्लाम का परिचय, पृष्ठ 23)

हदीस एक मुसलमान के जीवन को नियंत्रित करती है। कुरान में मुसलमानों के कई कर्तव्यों का बहुत कम विवरण है, और हदीस ने विवरण प्रदान करके इस कमी को पूरा किया है। उदाहरण के लिए, सलात का वर्णन हदीस में विस्तार से किया गया है लेकिन कुरान में नहीं।सभी मुसलमान हदीसों पर विश्वास नहीं करते हैं और इन पुस्तकों के अस्तित्व के बाद से मुसलमान विभाजित हो गए हैं। शियाओं और सुन्नियों के पास हदीसों के अलग-अलग संग्रह हैं। कुछ लोग उन पर तभी विश्वास करते हैं जब यह उनके अनुकूल हो। उदाहरण के लिए, वे उनमें उन अंशों को स्वीकार करेंगे जो मुहम्मद और उनकी शिक्षाओं का महिमामंडन करेंगे लेकिन उन अंशों को अस्वीकार करेंगे जो उन्हें बदनाम करते हैं।

मुस्लिम विद्वान मानते हैं कि कई हदीसें मनगढ़ंत थीं। उदाहरण के लिए, गोल्डहाइज़र मुस्लिम विद्वानों अल-याकूबी, II, पृष्ठ का हवाला देते हैं। 311, इब्न अल-फकीह अल-हमदानी, पी. 95, 3, इब्न माजा, पृ. 102 अब्द अल-मलिक (716-794 ई.) के बारे में, जो इस्लाम के चार महान न्यायविदों में से एक थे, जो स्वयं हदीस के एक प्रमुख संग्रहकर्ता थे:

जब उमय्यद ख़लीफ़ा 'अब्द अल-मलिक ने मक्का की तीर्थयात्राओं को रोकना चाहा क्योंकि वह चिंतित था कि कहीं उसके प्रतिद्वंद्वी 'अब्द अल्लाह बी. जुबैर को हिजाज़ में पवित्र स्थानों की यात्रा करने वाले सीरियाई लोगों को उन्हें श्रद्धांजलि देने के लिए मजबूर करना चाहिए, उन्होंने यरूशलेम में कुब्बत अल-सखरा के लिए वैकल्पिक हज के सिद्धांत की समीचीनता का सहारा लिया था। उन्होंने आदेश दिया कि यरूशलेम में पवित्र स्थान पर अनिवार्य परिक्रमा (तवाफ) उसी वैधता के साथ हो सकती है, जो इस्लामी कानून में निर्धारित काबा के आसपास होती है। पवित्र धर्मशास्त्री अल-ज़ुहरी को धार्मिक जीवन के इस राजनीतिक रूप से प्रेरित सुधार को उचित ठहराने का काम दिया गया था, जो पैगंबर से संबंधित एक कहावत बनाकर और फैलाकर किया गया था, जिसके अनुसार तीन मस्जिदें हैं जहां लोग तीर्थयात्रा कर सकते हैं: मक्का में, मदीना, और यरूशलेम. .. एक अतिरिक्त, जो

जाहिरा तौर पर, अपने मूल स्वरूप से संबंधित था, लेकिन बाद में इसमें और संबंधित कहावतों में रूढ़िवादिता का आरोप लगाकर इसे नजरअंदाज कर दिया गया: 'और यरूशलेम के बेत अल-मकदीस में एक प्रार्थना अन्य पवित्र स्थानों में एक हजार प्रार्थनाओं से बेहतर है,' यानी मक्का या मदीना भी. बाद में भी, अब्द अल-मलिक को उद्धृत किया गया है जब यरूशलेम की तीर्थयात्रा को मक्का की तीर्थयात्रा के बराबर माना जाता है... (इग्नाज़ गोल्डहाइज़र, मुस्लिम स्टडीज़ (मुहम्मदनिशे स्टडीयन) खंड 2 लंदन: जॉर्ज एलन एंड अनविन लिमिटेड, 1971 , पृष्ठ 45)

स्पष्ट रूप से, मुहम्मद की मृत्यु के एक शताब्दी से भी कम समय के बाद, मुहम्मद में अधिकार पाने की कोशिश की गई यह राजनीति से प्रेरित रचना महत्वपूर्ण है। मुसलमानों के पास मनगढ़ंत सच्ची रिपोर्ट बताने का बहुत कम या कोई तरीका नहीं है, जिससे जीवन पर शासन करने के लिए उन पर निर्भरता को उचित ठहराना कठिन हो जाता है।

जैसे ही विवाद उत्पन्न हुआ, यूसुलिस द्वारा अपनाई गई एक तकनीक विरोधी समूह के साक्ष्य की वैधता या सापेक्ष ताकत पर सवाल उठाना था। जब प्रतिद्वंद्वी ने हदीस पर अपना तर्क रखा, तो उसके साक्ष्य की ताकत को हदीस रिपोर्टों की गिनती के मोटे तौर पर तैयार नियम द्वारा चुनौती दी जा सकती थी। यूसुली का आरोप होगा कि उसके स्कूल के दृष्टिकोण के पक्ष में अधिक संख्या में रिपोर्ट, या किसी विशेष रिपोर्ट के ट्रांसमीटर एकत्र किए जा सकते हैं। इस तकनीक के परिणामस्वरूप हदीस रिपोर्टों को उनके 'प्रसार' के अनुसार वर्गीकृत किया गया: मुतावतिर (सार्वभौमिक रूप से स्वीकृत), मशूर (व्यापक रूप से प्रमाणित), और खबर अल वाहिद (पृथक)।सबूतों को चुनौती देने के अधिक सूक्ष्म तरीके उभर रहे थे। सबसे स्थायी में से एक इस्नाद की आलोचना थी। इस्नाद (समर्थन) से तात्पर्य गारंटरों की सूची से है, जो सुन्ना का गठन करने वाले सभी बयानों के लिए मांगी जाने लगी। संप्रेषित जानकारी की सुदृढ़ता सुनिश्चित करने के लिए, सभी विद्वानों को प्रत्येक व्यक्तिगत हदीस के नीचे की ओर संचरण के लिए प्रत्येक पीढ़ी में जिम्मेदार उन व्यक्तियों के नामों को सूचीबद्ध करना आवश्यक था।

मगाज़ी और सिरा विज्ञान के अपने ज्ञान से, जो क्रमशः अभियानों और पैगंबर और उनके समकालीनों की जीवनी से संबंधित था, विद्वान प्रतिद्वंद्वी के तर्क में एक विसंगति को देख सकता है, जैसे कि एक रिपोर्ट के कुछ विषय पर एक साथी से प्रसारण जो संभवतः प्रामाणिक नहीं हो सकता, या तो क्योंकि साथी का जन्म नहीं हुआ था, या अभी तक इस्लाम में परिवर्तित नहीं हुआ था, या विशेष शासन के लागू

होने के समय पहले ही मर चुका था। यही तकनीक कुरान की अलग-अलग आयतों से संबंधित परस्पर विरोधी विचारों के बीच 'शुद्धता' निर्धारित करने में भी काम करती है, क्योंकि मगज़ी कार्यों में प्रस्तुत की गई जानकारी के बीच अक्सर रहस्योद्घाटन की तारीख के बारे में बयान भी पाए जाते थे। इस या उस कुरान अंश का।   इस तरह के डेटा, असबा अल नुज़ुल (छंदों के रहस्योद्घाटन का अवसर), उत्सुकता से एकत्र किए गए थे।" (जॉन बर्टन, कुरान का संग्रह, पृष्ठ 15)

हदीस के बारे में शियाओं का दृष्टिकोण यहां दिया गया है:
 "परंपराओं के संचरण की शृंखलाओं की सावधानीपूर्वक जांच करने से व्यक्ति को कपटपूर्ण परिवर्धन और झूठी गवाही की सीमा तक संदेह हो जाता है। कई परस्पर विरोधी परंपराओं का पता एक साथी या अनुयायी से लगाया जा सकता है और कई परंपराएं, जो पूरी तरह से मनगढ़ंत हैं, पाई जा सकती हैं आख्यानों के इस समूह के बीच.
 इस प्रकार एक विशेष आयत के रहस्योद्घाटन के कारण, जिसमें [कुरान में] निरस्त और निरस्त की गई आयतें भी शामिल हैं, आयतों के वास्तविक क्रम के अनुरूप नहीं लगती हैं।   ऐसी परीक्षा में प्रस्तुत किए जाने पर एक या दो से अधिक परंपराएँ स्वीकार्य नहीं पाई जाती हैं।

 यही कारण है कि इमाम अहमद इब्न हनबल, जो स्वयं वर्णनकर्ताओं की इस पीढ़ी से पहले पैदा हुए थे, ने कहा, "तीन चीजों का कोई ठोस आधार नहीं है: सैन्य गुण, खूनी लड़ाई और कुरान की टिप्पणी से संबंधित परंपराएं।" इमाम अल-शफीई का कहना है कि इब्न अब्बास की केवल एक सौ परंपराओं को वैध माना गया है।" (अल्लामा सैय्यद एम.एच. तबताबाई, द कुरान इन इस्लाम, लंदन: कर्जन प्रेस, 1987, 47, द्वारा उद्धृत) विलियम वैनड्डूवार्ड, हदीस एंड ऑथेंटिसी: ए सर्वे ऑफ पर्सपेक्टिव, अप्रकाशित लेख, द यूनिवर्सिटी ऑफ वेस्टर्न ओंटारियो, लंदन, कनाडा, 1996)।हदीसों के बीच विरोधाभास, इख्तिलाफ अल-हदीस।   ऐसी कई हदीसें हैं जिनमें एक ही घटना के परस्पर विरोधी विवरण हैं।
 मनगढ़ंत हदीसें.
 सबसे अधिक उद्धृत और बहुत पसंद की जाने वाली कुछ हदीसों को गलत तरीके से मुहम्मद के लिए जिम्मेदार ठहराया गया है। उदाहरण के लिए देखें,
 मनगढ़ंत हदीस
 की रिकॉर्डिंग,

अबू हुरैरा से रिवायत है:

मैंने कहा: "हे अल्लाह के रसूल! वह सबसे भाग्यशाली व्यक्ति कौन होगा, जो पुनरुत्थान के दिन आपकी हिमायत हासिल करेगा?" अल्लाह के रसूल ने कहा: हे अबू हुरैरा! "मैंने सोचा है कि आपसे पहले कोई भी मुझसे इसके बारे में नहीं पूछेगा क्योंकि मैं हदीस (सीखने) के लिए आपकी लालसा को जानता हूं। सबसे भाग्यशाली व्यक्ति जिसे पुनरुत्थान के दिन मेरी हिमायत मिलेगी वह वह होगा जिसने ईमानदारी से कहा था उसका दिल "अल्लाह के अलावा किसी को भी पूजा करने का अधिकार नहीं है।"

और 'उमर बिन 'अब्दुल' अज़ीज़ ने अबू बक्र बिन हज़्म को लिखा, "हदीस के ज्ञान की तलाश करो और इसे लिखवाओ, क्योंकि मुझे डर है कि धार्मिक ज्ञान गायब हो जाएगा और धार्मिक विद्वान मर जाएंगे। मत करो।" पैगंबर की हदीसों के अलावा कुछ भी स्वीकार करें। ज्ञान प्रसारित करें और अज्ञानियों को सिखाएं, क्योंकि ज्ञान तब तक गायब नहीं होता जब तक कि इसे गुप्त रूप से (स्वयं के पास) न रखा जाए।" (सहीह बुखारी 1.98)

BIBLE.CA

कुरआन शब्द एक परिचय

सिरैइक (= ईसाई अरामी) में क़ैरयाना: धर्मग्रंथ पढ़ना। कुरान में 66 बार आता है। अरबी,भगवान का वचन भी देखें।

   डॉ. सोभी अस-सलीह के अनुसार, यह शब्द अरबी नहीं बल्कि अरामी है। उन्होंने कहा: "अल्लाह ने अपने रहस्योद्घाटन के लिए अरबों द्वारा उपयोग किए जाने वाले नामों से अलग नए नाम चुने, सामान्य तौर पर और विस्तार से।" (सोभी अस-सलीह, मबाहिथ फाई 'उलूम अल-कुरान, दार अल-इल्म लेल-मलाईन, बेरूत, 1983, पृष्ठ 17) उन्होंने यह भी कहा, "जब इस्लाम से पहले अरबों ने (क़रा) शब्द का इस्तेमाल किया था इसका मतलब 'गर्भवती होना या बच्चा पैदा करना' था। लेकिन 'क़रा' शब्द का 'पढ़ना' अरामी मूल का है।" (वही, पृ. 19). [एक तरफ: यदि उत्तरार्द्ध सच है, तो वे मुसलमान जो यह दिखाने की कोशिश करते हैं कि मुहम्मद अनपढ़ थे, उन्हें यह हास्यास्पद लगेगा। निःसंदेह, जब गेब्रियल ने उससे कहा कि "गर्भवती हो या बच्चा पैदा करो," तो वह ऐसा नहीं कर सकता होगा, यह बिल्कुल तार्किक और सही उत्तर है!]

   इस व्युत्पत्ति संबंधी व्युत्पत्ति के लिए आगे का संदर्भ (जर्मन में): क्रिस्टोफ लक्सेनबर्ग, डाई सिरो-अरामाइशे लेसार्ट डेस कुरान: ईन बीट्राग ज़ूर एन्टश्लुसेलुंग डेर कोरानस्प्रे, बर्लिन 2000 (आईएसबीएन 3-86093-274-8)। लक्सेनबर्ग विस्तृत चरणों में क़ैरयाना से कुरान की पूरी व्युत्पत्ति देता है।कुरान को अल-फ़ुरकान भी कहा जाता है। डॉ. सोभी अस-सलीह के अनुसार, यह शब्द अरबी नहीं बल्कि अरामी है (वही, पृष्ठ 20)। कुरान को मुशफ़ भी कहा जाता था जिसका अर्थ है "चादरें या पत्तियाँ"। डॉ. सलीह के अनुसार, "जब कुरान को एकत्र किया गया और कागज पर लिखा गया तो वे इसे एक नाम देना चाहते थे। सिफ़ शब्द कुछ लोगों द्वारा सुझाया गया था। इसे इस आधार पर खारिज कर दिया गया कि इसे यहूदी अपना नाम कहते हैं। किताबें। कुछ लोगों ने मुशफ़ शब्द का सुझाव दिया क्योंकि इथियोपिया के लोग इसे अपनी पवित्र किताबें कहते हैं।" (वही, पृ. 78)

   यह अजीब लगता है कि कुरान के सभी शीर्षकों के बावजूद, उनमें से कोई भी वास्तव में अरबी नहीं था, खासकर जब कुरान कहता है कि अल्लाह ने इसे अरबी में भेजा है (यूसुफ 12:2; अर-रा'द 13:37; अन-नहल 16:103; अश-शुअरा 26:195;

अज़-ज़ुमर 39:28; हा मीम सजदा 41:3; अश-शूरा 42:7; अज़-ज़ुख़्रुफ़ 43:3; अल-अहक़ाफ़ 46: 12).

कुरान पूरी तरह से नहीं, बल्कि टुकड़ों में लिखा गया था।

कुरान विवरण का सारांश:टिप्पणियाँ:

परंपरागत रूप से, सूरा फातिहा से पहले पहला बिस्मिल्लाह एक छंद के रूप में गिना जाता है। और अन्य सभी "बिस्मिल्लाह" को विभिन्न सुरों के शीर्षकों के रूप में माना जाता है और इसलिए उन्हें छंद के रूप में नहीं गिना जाता है।

सूरा 9 बिस्मिल्लाह से शुरू नहीं होता।

अनुवाद में छंद संख्याएँ मेल नहीं खा सकती हैं क्योंकि अनुवाद में कुछ छंद विभाजित हैं। कुछ बिस्मिल्लाहों को आयत संख्याएँ दी गई हैं।

सूरह को मक्का या मदीना में वर्गीकृत किया गया है, यानी, जहां इसे प्रकट किया जाना चाहिए था उसके अनुसार। मक्का सुरस की संख्या=86; मदीना सुरस की संख्या=28. कुल=114

श्लोकों की कुल संख्या 6239

मूसा की किताब अल-बकराह 2:89 को प्रमाणित करें; अल-अहक़ाफ़ 46:11-12,30

पिछली पुस्तकों को प्रमाणित करें, अल-बकराह 2:91,136; अल-इमरान 3:1-4,84; अन-निसा' 4:47,136; अल-मैदाह 5:48; अल-अन'आम 6:93; यूनुस 10:38,95; अल-फ़ातिर 35:31; हा मीम सजदा 41:43 अल-अन्नम 6:116 भी देखें; यूनुस 10:65; अल-काहफ़ 18:28

एक धन्य रात की शुभकामनाएँ, विज्ञापन-दुखन 44:3; अल-कादर

भगवान के शब्दों को नहीं बदल सकते, अल-अन`आम 6:34,115; यूनुस 10:65, यह भी देखें ईश्वर द्वारा संरक्षित

इसके जैसा उत्पादन नहीं कर सकता, बानी इज़राइल 17:88कुरान की किसी को भी ऐसी आयत तैयार करने की चुनौती अजीब देश में है। मुसलमानों ने अक्सर कहा है कि इसका तात्पर्य छंदों की वाक्पटुता, सुंदरता से है। दुर्भाग्य से, हालांकि, ऐसा कोई वस्तुनिष्ठ मानदंड नहीं है जिसके आधार पर कोई इसका मूल्यांकन कर सके। दिलचस्प बात यह है कि किसी भी मुसलमान ने कभी भी इस तरह की प्रतियोगिता का मूल्यांकन करने के लिए कोई वस्तुनिष्ठ मानदंड नहीं रखा है। दूसरे, इस बात पर कोई सहमति नहीं है कि ऐसी प्रतियोगिता का निर्णायक कौन होगा। दूसरे शब्दों में, यहां कोई नियम नहीं है और कोई न्यायाधीश नहीं है। वहीं, कुछ अन्य लोग भी हैं जिन्होंने कुरान में व्याकरण संबंधी त्रुटियों की ओर इशारा किया है। कुछ मुसलमानों ने जवाब दिया कि कुरान सही अरबी का अंतिम मध्यस्थ है, और यदि व्याकरण की किताबें कुरान के अनुरूप नहीं हैं, तो व्याकरण की पुस्तकों को बदलना होगा। लेकिन स्पष्ट रूप से, यह स्वीकार्य नहीं है, क्योंकि कुरान कथित तौर पर ऐसे लोगों के बीच प्रकट किया गया था जो वाक्पटुता और कविता के स्वामी थे, और उनके लिए चुनौती जारी की गई थी। (क्या हमें याद नहीं है कि मुहम्मद ने मूल रूप से सोचा था कि वह पहले रहस्योद्घाटन के बाद कवियों में से एक बन रहे थे? देखें मुहम्मद)

स्पष्ट या अस्पष्ट?

स्पष्ट अध्यादेश, अन-नहल 16:89; अल-बयिनह 98:3

स्पष्ट रूप से बताया गया, अल-मैदा 5:16; यूनुस 10:15

हर चीज़ का विस्तृत विवरण, यूसुफ 12:111

समझने में आसान, विज्ञापन-दुखन 44:58

सूफीवाद को सफलतापूर्वक मुस्लिम रूढ़िवाद के दायरे में रखने वाले प्रसिद्ध धर्मशास्त्री अल-ग़ज़ाली ने कहा कि स्पष्ट छंदों की संख्या 500 है, जो कुरान का मात्र 8% है!

मानव जाति के लिए जो आदेश दिया गया है उसका स्पष्टीकरण, यूनुस 10:37पूरी तरह से समझाया गया, अल-अन'आम 6:114

कुरान में कई अस्पष्ट अंश हैं, इसलिए इस आयत का संदर्भ पूरे कुरान से नहीं किया जा सकता है। यह आयत वास्तव में कहती है कि यहूदी और ईसाई जानते हैं कि यह सत्य में प्रकट हुआ है!

कुछ छंद प्रत्यक्ष, कुछ रूपक, अल-इमरान 3:7

कुरान के कोड,

ज़ैद इब्न थाबिट द्वारा संकलित आधिकारिक उथमानिक कोडेक्स से पहले तीन अन्य कोड अस्तित्व में थे, जिनमें से अधिक प्रसिद्ध उबैय बी हैं। काब, अब्दुल्ला इब्न मसूद और अबू मूसा। कुछ लोग इससे भी अधिक आरोप लगाते हैं। इन कोडों में उथमानिक कोडेक्स के साथ कुछ महत्वपूर्ण भिन्नताएं थीं। हदीसों से अधिक जानकारी के लिए।

"कुरान के पाठ के इतिहास के लिए सामग्री: पुरानी संहिताएं: इब्न अबू दाऊद की किताब अल-मसाहिफ, साथ में इब्न मसूद, उबाई, 'अली' की संहिताओं के विभिन्न पाठों का संग्रह। इब्न अब्बास, अनस, अबू मूसा और अन्य कुरानिक अधिकारी, जो आर्थर जेफ़री, लीडेन द्वारा 'उथमान' के विहित पाठ के पूर्ववर्ती एक प्रकार का पाठ प्रस्तुत करते हैं: ई.जे. ब्रिल, 1937.

कुरान और उस्मान का संग्रह।

अल-मैदाह 5:3 का पूरा होना

स्पष्ट आवाज से संप्रेषित,

सभी ईश्वरीय पुस्तकों में से कुरान ही एकमात्र ऐसी पुस्तक है जिसके पाठ, शब्दों और वाक्यांशों को पैगंबर को एक श्रव्य आवाज के माध्यम से सूचित किया गया है। .335, अब्दुल-हक़ द्वारा उद्धृत पृष्ठ 58)

ऐसा लगता है कि इब्न खलकन ने इस बात को नजरअंदाज कर दिया कि ईश्वर ने सीधे मूसा से बात की थी। हालाँकि, पिछले खुलासों से यह अंतर मुस्लिमों के लिए यह कहना कठिन बना देता है कि यह पिछले खुलासों के समान ही है।

जो पहले है उसकी पुष्टि, यूनुस 10:37; यूसुफ़ 12:111इसमें सभी प्रकार की समानताएं शामिल हैं, अल-काहफ़ 18:54; अज़-जुमर 39:27

समकालीनों की टिप्पणियाँ: एक कवि के पास (अस-सफ़ात 37:36), मुहम्मद को बताई गई पूर्वजों की कहानियाँ (अल-फ़ुरकान 25:5), पुराने से उत्पन्न जादू और एक नश्वर शब्द के अलावा और कुछ नहीं (अल-मुदाथिर 74:24) ,25)

पिछले धर्मग्रंथ के संरक्षक, अल-मैदाह 5:48

अल-मैदाह 5:41 का विरूपण

यूनुस 10:37 का दिव्य स्वभाव

इसे जल्दबाजी में न देखें, ता हा 20:114

कुरान सीखने और उसे सिखाने के लिए प्रोत्साहित किया गया "आपमें से सर्वश्रेष्ठ वे हैं जो कुरान सीखते हैं और इसे दूसरों को सिखाते हैं।" (साहिह बुखारी)

पहले रहस्योद्घाटन में पाया गया सार, राख-शुअरा' 26:196

ज्ञान से भरपूर, हां पाप 36:2

भगवान द्वारा इकट्ठा किया गया, अल-क़ियामा 75:17

इंसानों के लिए मार्गदर्शन, अल-बकराह 2:185; यूसुफ़ 12:111

की अपूर्णता या वेरिएंट,

के गायब छंद

वेरिएंट, कुरान के सात संस्करण और उबैय बी के अनुसार कुरान के वेरिएंट देखें। काब, मुहम्मद के सचिवों में से एक, सुरा अस-सैफ 61:6 में लिखा है: "हे इसराइल के बच्चों, मैं तुम्हारे लिए ईश्वर का दूत हूं, और मैं तुम्हें एक पैगंबर की घोषणा करता हूं जिसका समुदाय अंतिम समुदाय होगा और जिसके द्वारा ईश्वर करेगा भविष्यद्वक्ताओं और दूतों पर मुहर लगाओ।" जहाँ "अहमद" का उल्लेख नहीं है।

पाठ के दौरान अदृश्य बाधा, बानी इज़राइल 17:45मुहम्मद की बातें नहीं हैं, नज्म 53:3; अल-हक्का 69:44

हदीस है,

यह "केवल कुरान" पार्टी का तर्क है। वे अल-अराफ 7:185 के आधार पर तर्क देते हैं; यूनुस 10:36; लुकमान 31:6; अज़-जुमर 39:23,29; अल-जथियाह 45:6; गुरु 52:34; अल-क़लम 68:44; अल-मुर्सलात 77:50.

किसी भी चीज़ की उपेक्षा नहीं की, अल-अन'आम 6:38

अल-मुज़म्मिल 73:2-6 पर स्पष्ट चिंतन के लिए यह रात सबसे उपयुक्त है

किसी शैतानी ताकत से नहीं, तकवीर 81:25 पर

कविता नहीं, हां पाप 36:69; अल-हक्का 69:41

पत्थर मारने पर, व्यभिचार देखें।

मुस्लिम ने अल-ज़कात की किताब में अपने सहीह (अन-नवावी की टिप्पणी) के सातवें भाग में भगवान जो कुछ भी देता है उससे संतुष्ट रहने के गुण के बारे में और लोगों से उस गुण को प्राप्त करने के लिए आग्रह करने के बारे में, पृष्ठ 139-40, बताया कि अबू अल -अस्वद ने बताया कि उनके पिता ने कहा: अबू मूसा अल-अशारी ने बसरा के कुरान पाठकों को आमंत्रित किया। तीन सौ पाठकों ने उनके निमंत्रण का उत्तर दिया। उन्होंने उनसे कहा: आप पाठक हैं और बसरा के लोगों की पसंद हैं। कुरआन की तिलावत करें और उसकी उपेक्षा न करें। अन्यथा, बहुत समय बीत जाएगा और तुम्हारे हृदय वैसे ही कठोर हो जाएँगे जैसे उन लोगों के हृदय कठोर हो गए थे जो तुमसे पहले आए थे।

हम कुरान से लंबाई (लगभग 130 छंद) और गंभीरता में बरअह के समान एक अध्याय पढ़ते थे, लेकिन मैं इसे भूल गया। मुझे उस अध्याय से केवल निम्नलिखित शब्द याद हैं:

"अगर आदम के बेटे के पास धन से भरी दो घाटियाँ हों, तो वह तीसरी घाटी की तलाश करेगा, और इब्न आदम का पेट मिट्टी के अलावा और कुछ नहीं भरेगा।"

हम मुसाबीहाट से मिलता-जुलता एक अध्याय पढ़ते थे और मैं उसे भूल गया। मुझे केवल निम्नलिखित याद है:

"हे ईमान वालो, जो तुम नहीं करते वह क्यों कहते हो? इस प्रकार तुम्हारे गले पर गवाही लिखी जाएगी और न्याय के दिन तुम से इसके विषय में पूछताछ की जाएगी।"मुस्लिम ने पुस्तक अल-रिधा (नर्सिंग की पुस्तक), भाग 10, पृष्ठ 29 में भी बताया है कि आयशा ने [कथित तौर पर] निम्नलिखित कहा: कुरान में जो खुलासा किया गया था उसमें दस बार नर्सिंग निश्चित रूप से ज्ञात है दूध पिलाने वाली महिला एक पोषित बच्चे की माँ है। नर्सिंग की यह संख्या महिला को बच्चे के लिए "हराम" (वर्जित) बना देगी।

मुहम्मद की मृत्यु तब हुई जब ये शब्द कुरान में दर्ज और पढ़े गए थे।

उमर ने कथित तौर पर कहा कि चैप 33 अधूरा है

अल-मुतकी अली इब्न हुसाम अद-दीन ने अपनी पुस्तक "मुख्तासर कन्ज़ अल-उम्माल" (इमाम अहमद के मुसनद के हाशिये पर मुद्रित, भाग दो, पृष्ठ दो) में अध्याय 33 के बारे में अपनी हदीस में कहा कि इब्न मुर्देवेह ने बताया हुतैफा ने कहा: उमर ने मुझसे कहा "अल-अहज़ाब के अध्याय में कितने छंद शामिल हैं?" मैंने कहा, "72 या 73 श्लोक।" उन्होंने कहा कि यह लगभग गाय के अध्याय जितना लंबा था, जिसमें 287 श्लोक हैं, और इसमें पत्थर मारने का श्लोक भी था।

अल-हकीम अन-निसाबूरी ने अपनी पुस्तक "अल-मुस्तद्रक" में कुरान पर टिप्पणी की पुस्तक, भाग दो, पृष्ठ 224 में बताया कि उबैय इब्न काब (जिन्हें पैगंबर ने अल-अंसार का नेता कहा था) ने कहा ईश्वर के दूत ने उनसे कहा: निश्चित रूप से सर्वशक्तिमान ने मुझे आपके सामने कुरान पढ़ने का आदेश दिया था, और उन्होंने पढ़ा "किताब के लोगों और बुतपरस्तों में से अविश्वासी अपना रास्ता तब तक नहीं बदलेंगे जब तक कि वे सबूत न देख लें   . जो लोग धर्मग्रन्थ के लोगों और मूर्तिपूजकों में से अविश्वासी थे, वे तब तक नहीं बदल सकते थे जब तक कि उनके पास स्पष्ट प्रमाण न आ जाए। अल्लाह की ओर से एक दूत, शुद्ध पन्ने पढ़ रहा है..." और इसके बहुत उत्कृष्ट भाग में से "क्या इब्न एडम को पूछना चाहिए" एक घाटी धन से भरी हुई है और मैं उसे देता हूं, वह एक और घाटी मांगेगा। और अगर मैं उसे वह देता हूं, तो वह तीसरी घाटी मांगेगा। मिट्टी के अलावा इब्न आदम का पेट कुछ भी नहीं भरेगा। ईश्वर पश्चाताप स्वीकार करता है पश्चाताप करने वाले किसी भी व्यक्ति का। ईश्वर की नजर में धर्म यहूदिया (यहूदी धर्म) या नसरानिया (ईसाई धर्म) के बजाय हनफिया (इस्लाम) है। जो कोई अच्छा करेगा, उसकी अच्छाई से इनकार नहीं किया जाएगा।सत्य और न्याय में परिपूर्ण, अल-अनाम 6:115

कुरान के भीतर समस्याएं. चाड वानडिक्सहॉर्न, इस्लाम और ऑर्थोडॉक्सी: ए क्रिटिक ऑफ मुस्लिम एपोलोजेटिक्स, अप्रकाशित लेख, ह्यूरन कॉलेज, लंदन, कनाडा: 1995 से लिया गया।

मुहम्मद इमरान या अमरान को वर्जिन मैरी का पिता मानते थे (सूरा [सिक्स] lxvi. 12) - मैरी और एलिजाबेथ बहनें थीं; जो, यीशु, जॉन और जकारियास के साथ, इमरान का परिवार बनाते हैं। इस निष्कर्ष से बचना मुश्किल है कि मुहम्मद वर्जिन मैरी के साथ मिरियम को भ्रमित करने के अनाचार का दोषी है। दूसरी ओर यह समझने में कठिनाई है कि चूँकि यहूदी और ईसाई इतिहास की मुख्य विशेषताओं के

संबंध में समय और तथ्य के अनुक्रम को सहनीय सटीकता के साथ देखा जाता है, उसे इतनी गंभीर त्रुटि में पड़ना चाहिए था, या अनजाने में इसे अपनाना चाहिए था, जैसा कि श्री मुइर का मानना है, उनके यहूदी मुखबिरों (जिनके बीच एकमात्र प्रसिद्ध मैरी (मिरियन) इमरान की बेटी और मूसा की बहन थी) की शब्दावली ने उनकी संबंधित तिथियों में विसंगति को नजरअंदाज कर दिया है। लेकिन यह संभव है कि मुहम्मद का मानना था, जैसा कि कुछ मुस्लिम लेखक दावा करते हैं, कि मरियम की आत्मा और शरीर को मरियम की मां बनने के लिए यीशु के समय तक चमत्कारिक रूप से संरक्षित किया गया था। निश्चित रूप से तल्मूडिस्टों ने कहा कि मौत के दूत और भ्रष्टाचार के कीड़े का मिरियन पर कोई अधिकार नहीं था।"

ताहा 20:90 में एक सामरी को इस्राएलियों को सोने का बछड़ा बनाने में मदद करते हुए दर्ज किया गया है। सामरी लोग लगभग 600 ईसा पूर्व के बाद ही अस्तित्व में आए। जब इस्राएल और यहूदा को बन्धुवाई में ले जाया गया। पलायन का समय नहीं.

टिप्पणीकार समझते हैं कि सूरह अल-काहफ 18:89-98 सिकंदर महान को संदर्भित करता है। परिच्छेद में दर्ज है कि वह एक कट्टर मुस्लिम था और पुराने इतिहास में जीवित था, रिकॉर्ड करता है कि वह एक बहुदेववादी था और युवावस्था में ही मर गया।सूरह हुद 11:42-43 में कहा गया है कि नूह (अनाम) के बेटे ने बाढ़ का पानी बढ़ने पर जहाज में शरण लेने से इनकार कर दिया था, और अपने पिता की अपील के बावजूद, उसने पहाड़ की चोटी पर भागने का फैसला किया, जहां से वह था एक लहर द्वारा बहा दिया गया। (उत्पत्ति 6-7 इंगित करता है कि नूह के केवल तीन बेटे थे, और वे सभी जहाज में प्रवेश कर गए। उत्पत्ति 10 प्रत्येक के वंशजों की पंक्ति देता है।)

सूरह युसूफ 12:11-20 में दर्ज है कि "यूसुफ अपने भाई को दोतान में खोजने नहीं गया था (जैसा कि उत्पत्ति 37 में दर्ज है), बल्कि भाइयों ने, पहले से ही उसकी मौत की साजिश रची थी, याकूब को केवल मनोरंजन के लिए उसे अपने साथ जाने देने के लिए राजी किया और खेल। उसे अपने वश में करने के बाद, उन्होंने उसे पानी से भरे एक कुएं में डाल दिया (सूखे गड्ढे के बजाय)। न ही उन्होंने उसे गुजरते व्यापारियों को बेचा था, बल्कि एक संयोगवश यात्री था जो वहां आया था पानी भरने के लिए

अच्छा। उसने लड़के को व्यापारियों को "कुछ दिरहम" के लिए बेच दिया (जैसा कि जनरल 37:28 में कहा गया है, चांदी के बीस शेकेल की पर्याप्त कीमत के बजाय।)"

निर्गमन 1:9 के साथ सूरह अश-शुअरा 26:55-60 और निर्गमन और संख्याओं के साथ सूरह अल-बकरा 2:57, अल-बकरा 2:61 की तुलना करें। कुरान में दर्ज है कि "पलायन के दौरान, इस्राएली मन्ना से थक गए और मिट्टी से सब्जियां मांगने लगे। उन्हें डांटने के बाद, मूसा ने कहा, मिस्र चले जाओ, क्योंकि तुमने जो मांगा है वही तुम्हें मिलेगा।' वे ऐसा ही करने लगे: और वे परमेश्वर का क्रोध लेकर लौट आए।' प्राचीन इतिहास बहुत स्पष्ट है कि "यद्यपि असंतुष्ट इस्राएलियों ने मिस्र लौटने की बात की, लेकिन वास्तव में उनमें से किसी ने भी ऐसा नहीं किया। . . .इस संबंध में, वी. अस-सैफ़ 61 में कहा गया है: उन्होंने ईश्वर के संकेतों पर अविश्वास किया, और भविष्यवक्ताओं को अन्यायपूर्वक मार डाला; यह, क्योंकि उन्होंने विद्रोह किया और अपराध किया।" बाइबिल में मूसा से पहले किसी भी भविष्यवक्ता को मारे जाने का उल्लेख नहीं है।

अल-जुमा 62:2 का कारण

पाठ, सात, साहिह बुखारी खंड। 3, पुस्तक 41, संख्या 601, सही बिहारी खंड। 6, पुस्तक 61, सं. 514, सही बिहारी खण्ड. 9, पुस्तक 93, सं. 640

इब्न अब्बास ने कहा:
अल्लाह के रसूल ने कहा, "गेब्रियल ने मुझे एक तरह से (यानी बोली) कुरान पढ़कर सुनाया और मैं उससे इसे अलग-अलग तरीकों से पढ़ने के लिए कहता रहा जब तक कि उसने इसे सात अलग-अलग तरीकों से नहीं पढ़ा।" (सहीह बुखारी 4.442, सहीह बुखारी 6.513 भी)

दिलचस्प बात यह है कि यह हदीस हमें बताती है कि यह गेब्रियल (इसलिए अल्लाह) नहीं था जिसने सात अलग-अलग तरीकों से पढ़ने की शुरुआत की थी, बल्कि मुहम्मद की पहल पर था।

जितना हो सके आराम से पढ़ें, अल-मुजम्मिल 73:20

ईश्वरीय इच्छा के निर्णयों का रिकार्ड.जुबली 3:10 की पुस्तक में कहा गया है कि प्रसव के बाद महिला की शुद्धि का नियम स्वर्ग की पट्टियों में लिखा गया है। जुबली 12:8 "झोपड़ियों के पर्व" के संबंध में है (लैव्यव्यवस्था 23:40-43)। जुबली 5:13 में कहा गया है कि पृथ्वी पर मौजूद सभी चीज़ों पर ईश्वरीय न्याय स्वर्ग में तख़्तियों पर लिखा गया है। हनोक की पुस्तक ने इस टैबलेट की सामग्री से भविष्य की भविष्यवाणी की है। (XCII:2, LXXXI, CIII:2, CVI:19, इस्लाम का विश्वकोश, पृष्ठ 288 अब्दुल-हक़ द्वारा उद्धृत)

अल-मैदाह 5:3 में धार्मिक प्रणाली को परिपूर्ण किया गया

उमर बिन अल-खत्ताब से रिवायत है:
एक बार एक यहूदी ने मुझसे कहा, "हे ईमानवालों के सरदार! आपकी पवित्र पुस्तक में एक आयत है जिसे आप सभी (मुसलमानों) ने पढ़ा है, और यदि वह हम पर प्रकट हुई होती, तो हमने वह दिन ले लिया होता (जिस दिन) इसे उत्सव के दिन के रूप में प्रकट किया गया था।" 'उमर बिन अल-खत्ताब ने पूछा, "वह आयत कौन सी है?" यहूदी ने उत्तर दिया, "आज के दिन मैंने तुम्हारे लिए तुम्हारे धर्म को परिपूर्ण किया है, तुम पर अपना अनुग्रह पूरा किया है, और तुम्हारे लिए चुना है आप इस्लाम को अपना धर्म समझें। यानी हज का दिन)" (साहिह बुखारी 1.43)

खुलासा हुआ लेकिन कुरान में नहीं (???)

वर्णित ऐश-शाबी:
अबू जुहैफा ने कहा, "मैंने अली से पूछा, 'क्या आपके पास कोई किताब है (जो कुरान के अलावा पैगंबर पर अवतरित हुई है)?' 'अली ने उत्तर दिया, 'नहीं, सिवाय अल्लाह की किताब या समझने की शक्ति के जो (अल्लाह द्वारा) एक मुसलमान को दी गई है या जो इस कागज के टुकड़े (मेरे पास) में (लिखा हुआ) है।' अबू जुहैफ़ा ने कहा, "मैंने पूछा, 'इस कागज़ के टुकड़े में (लिखा हुआ) क्या है?' अली ने उत्तर दिया, यह दीया (हत्यारे द्वारा पीड़ित के रिश्तेदारों को दिया जाने वाला मुआवजा (रक्त धन), दुश्मनों के हाथों से बंदियों को छुड़ाने के लिए फिरौती, और कानून से संबंधित है कि किसी भी मुसलमान को नहीं मारा जाना चाहिए। क़िसास में (एक अविश्वासी की हत्या के लिए सज़ा में समानता)। (सहीह बुखारी 1.111)

अरबी में खुलासा, यूसुफ 12:2; अर-रा'द 13:37; अन-नहल 16:103; ता हा 20:113; राख-शुअरा' 26:195; अज़-ज़ुमर 39:28; हा मीम सजदा 41:3; अज़-ज़ुख़रुफ़ 43:3; विज्ञापन-दुखन 44:58

सच्चाई से पता चला, अल-अन'आम 6:14

"लहरों में" (धीरे-धीरे) भेजा गया, अल-मुर्सलात 77:1

स्वास्थ्य का स्रोत, बानी इज़राइल 17:82; हा मीम सजदा 41:44

मानकीकरण, उस्मान देखें

सूरह में युद्ध का उल्लेख है, मुहम्मद 47:20

मक्का अल-फुरकान 25:5 में प्रतिलेखन चल रहा है

एक अविनाशी गोली पर, अल-बुरुज 85:21-22।

``रब्बी शिमोन बेन लकीश कहते हैं, "वह क्या है जो लिखा है, 'और मैं तुम्हें पत्थर की पटियाएं, और व्यवस्था और वह आज्ञा दूंगा जो मैं ने लिखी है, कि तुम उन्हें सिखाओ' (पूर्व XXIV:12))?"गोलियाँ--ये दस आज्ञाएँ हैं; कानून, जो पढ़ा जाता है; और आज्ञाएँ; यह मिश्ना है, जिसे मैंने लिखा है, ये पैगंबर और हागियोग्राफा हैं: ताकि आप उन्हें सिखा सकें, यह गामारा को दर्शाता है। इससे यह शिक्षा मिलती है कि ये सभी सिनाई से मूसा को दिए गए थे। (ट्रैक्ट बेराखोथ खंड 5. कॉलम 1 में उद्धृत)

उथमानिक कोडेक्स, (Ar: मुशफ़ उथमानी), उथमान देखें

कुछ रोचक बातें:

ख़लीफ़ा अलवालिद इब्न यज़ीद, जिन्होंने वर्ष 743 ई. में मुसलमानों पर शासन किया था, ने कहा:

"तालबा बे-इनोबोटी हाशिमोन बेला वहीओन अत्ताहो वाला किताबो डब्ल्यू" (द इस्लामिक खलीफा, पृष्ठ 59)

मतलब

हशमाइट मुहम्मद ने सच्ची प्रेरणा या प्रेरित पुस्तक के बिना, अपने दावे से लोगों को धोखा दिया कि वह एक पैगंबर था।

खलीफा अब्द अल-मलिक इब्न मारवान, जो एक मुस्लिम नेता और कुरान के विद्वान थे, ने खलीफा बनने के बाद कुरान को मोड़ा और कहा, "यह आखिरी बार है जब मैं आपका उपयोग करूंगा।" (इस्लामिक ख़लीफ़ा, पृष्ठ 173)

अन-निसा' 4:82; अल-मैदाह 5:16; अल-अन'आम 6:19; अल-अराफ 7:204; अत-तौबा 9:111; यूनुस 10:15-16, अल-मैदाह 5:6,30,32; हूद 11:13-14; यूसुफ़ 12:3; अल-हिज्र 15:87,91; अन-नहल 16:98; बानी इसराइल 17:9,41,46,60,78,88-89,106; अल-काहफ़ 18:54; ता हा 20:2; अल-फुरकान 25:4; अन-नमल 27:1,6,76,92; अल-कसास 28:85; अर-रम 30:58; सबा' 34:31; दुखद 38:1-2; अज़-जुमर 39:27; हा मीम सजदा 41:41; राख-शूरा 42:7; अज़-ज़ुख़रुफ़ 43:31; अल-अहक़ाफ़ 46:12,29; मुहम्मद 47:24; कफ़ 50:1-2,45; अल-क़मर 54:17,22,32,40; अर-रहमान 55:2; अल-वाकिआ 56:75,77; अल-हश्र 59:21; अल-हक्का 69:40; अल-जिन्न 72:1; अल-मुज़म्मिल 73:4,20; विज्ञापन-दाहर 76:23; अल-इंशिकाक 84:21,
Bible.Ca

ज़बूर एक संक्षिप्त परिचय

<u>डेविड के भजन</u>

ज़ुबुर. इसके अलावा ज़ुबार, pl. ज़िब्र का. हिब्रू ज़िमराह (भजन) से, जिसका अर्थ है "संगीत, राग या गीत" (भजन 81:2, 98:5)। मार्ग के लिए

इससे पहले हमने संदेश (ज़िक्र) (मूसा को दिया गया) के बाद भजन (फ़ि 'ज़-ज़बुरी) में लिखा था: मेरे सेवक धर्मी, पृथ्वी के उत्तराधिकारी होंगे।" (अल-अंबिया' 21:105)

ह्यूजेस कहते हैं:

सेल और रोडवेल दोनों इसे Psa xxxvii.29 से एक उद्धरण मानते हैं (यह पूरे कुरान में पुराने या नए नियम से एकमात्र प्रत्यक्ष उद्धरण प्रतीत होता है), और उन दोनों ने अरबी में अनुवाद किया है ज़िक्र "क़ानून", बेशक, तौरात। मुस्लिम टिप्पणीकारों के बीच इस बात पर काफ़ी मतभेद है कि इस आयत में ज़िक्र और ज़बूर का क्या मतलब है।

टिप्पणीकार अल-बैज़ावी का कहना है कि तीन दृष्टिकोण हैं। इब्न ज़ुबैर और मुजाय्यद ने कहा कि ज़बूर शब्द का अर्थ सभी प्रेरित पुस्तकों से है, और ज़िक्र से अभिप्राय संरक्षित गोली (अल-लौहु 'एल-महफ़ूज़) से है। इब्न अब्बास और अज़-ज़हाक ने कहा कि ज़बूर से मतलब तौरात था, और ज़िक्र से वह किताबें जो उसके बाद आईं। और शबी ने कहा कि ज़बूर दाऊद की किताब है, और ज़िक्र मूसा की है।

अल-बघावी और अल-जलालन पहली व्याख्या के पक्ष में निर्णय लेते हैं, हुसैन तीसरी व्याख्या के पक्ष में निर्णय लेते हैं, जबकि अल-बैज़ावी इसे एक खुला प्रश्न छोड़ देते हैं।जलालुद्दीन अस-सुयुति ने ज़बूर शब्द को कुरान के पचपन शीर्षकों में से एक के रूप में दिया है। (ह्यूजेस डिक्शनरी ऑफ इस्लाम, पृष्ठ 698)

डेविड को दिया गया, अन-निसा' 4:163, इसराइल के बच्चे 17:5

अल-फ़ातिर 35:2

कुरान में इस शब्द का प्रयोग:

"ज़बूर" एकवचन है, "ज़ुबुर" बहुवचन है। हालाँकि, "भजन" का सामूहिक अर्थ है "दाऊद के भजन", "भजन" बहुवचन "ज़ुबुर" के लिए मेरा शब्दकोष कोई विशेष अर्थ नहीं देता है, निम्नलिखित में मैं अस्थायी रूप से "शास्त्र" का अनुवाद करता हूँ

"ज़बूर"

4:163 हमने डेविड को एक भजन दिया और हमने डेविड को एक भजन दिया 17:55 हमने डेविड को एक भजन दिया और हमने डेविड को एक भजन दिया 21:105 वा-ला-क़द कताबना शुल्क ज़-ज़बूरी मिन ब`दी ध-धिकरी: और हम अनुस्मारक के बाद पहले ही स्तोत्र में लिख चुके हैं: (भजन 37:29 से एक उद्धरण इस प्रकार है)

"ज़ुबुर"

3:184 किताब की किताब 16:44 किताब की किताब 16:44 किताब की किताब 16:44 किताब की किताब पवित्रशास्त्र 35:25 स्पष्ट निशानियों और पवित्रशास्त्रों और रोशन करने वाली किताब के साथ

रूडी पेरेट, कुरान। कमेंट्री और कॉनकॉर्डेंस, स्टटगार्ट 1971, पृ. 111, निम्नलिखित टिप्पणी देता है:ज़बूर शब्द को हिब्रू मिसमोर, अरामी मज़मोर या इथियोपिक मज़्मूर, क्रमशः) 'भजन' और अरबी ज़बूर 'धर्मग्रंथ' के मिश्रण के रूप में समझाया जा सकता है, जो संभवतः दक्षिण अरबी से लिया गया है। एस. होरोविट्ज़, कोरानिशे उन्टरसुचुंगेन, पी. 70; उचित नाम, पी. 205एफ. होरोविट्ज़ अनिश्चित मानते हैं [अर्थात्। लेख के बिना] 4:163 और 17:55 में ज़बूरान को अरबी अर्थ 'धर्मग्रंथ' (एक अपीलीय के रूप में) के बाद के प्रभाव के रूप में बनाते हैं। हालाँकि, इस रूप को समझाने के लिए, तुकबंदी की आवश्यकता पर भी बहस की जा सकती है। 21:105 में भजन के उद्धरण में शब्द [लेख के साथ] 'अज़-ज़बूरी' निर्धारित किया गया है।

मेरी अन्य पुस्तकें निम्न है–

क्रमांक	पुस्तक का नाम
1	पृथ्वी के प्रचलित धर्म व पंथ
2	कुरान करीम का विशेष ज्ञान
3	जीवन एक पहेली व स्वास्थ्य
4	जीवन तथा भाषा की उत्पत्ति कैसे हुई?
5	इस्लाम एक परिचय व संप्रदाय
6	अल्लाह एक परिचय
7	आज भी अंल खि॒ जिंदा है?
8	सात सोने वालों की रहस्यमई घटना
9	प्रार्थना, सभी धर्मों में
10	उपदेश महान लोगों के, सभी धर्मों में
11	स्वप्न, व्याख्या, प्रत्येक धर्म में
12	हारूत तथा मारूत की कहानी
13	आत्मा (रूह) धर्म तथा विज्ञान की नजर में
14	असली सिकंदर (जुलकरनैन)
15	दुःख
16	ईश्वर, प्रार्थना, उपदेश, नास्तिक, दुःख
17	विश्व के प्रमुख धर्म मत व सम्प्रदाय
18	पवित्र कुरान एक परिचय तथा उसके अनसुलझे रहस्य

सभी पुस्तकें पेपर बैक संस्करण तथा हार्ड कवर संस्करण में भी उपलब्ध है।
यह सारी पुस्तकें अंग्रेजी संस्करण में भी उपलब्ध है। तथा कुछ अंतर्राष्ट्रीय भाषा में उपलब्ध है।
यह पुस्तकें अमेजॉन, फ्लिपकार्ट तथा **notionpress.com** पर भी उपलब्ध है।

मेरी ई बुक संस्करण (निशुल्क) निम्न है —

क्रमांक	पुस्तक का नाम
1	विश्व के प्रमुख धर्म मत व सम्प्रदाय
2	पवित्र कुरान एक परिचय व उसके अनसुलझे रहस्य
3	जीवन की कुछ अनसुलझी पहेली
4	असली सिकंदर (जुलकरनैन)
5	स्वप्न (व्याख्या) धर्म तथा विज्ञान की नजर में
6	आत्मा (रूह) धर्म तथा विज्ञान की नजर में
7	मनुष्य तथा भाषा की उत्पत्ति कैसे हुई?
8	ईश्वर, प्रार्थना, उपदेश, नास्तिक, दुःख
9	हारूत तथा मारुत की कहानी
10	उपदेश महान लोगों के, सभी धर्मों में
11	प्रार्थना, सभी धर्मों में
12	आज भी अंल खि॒ जिंदा है?
13	अल्लाह एक परिचय
14	इस्लाम एक परिचय व सम्प्रदाय
15	अल खिज़्र एक परिचय
16	किंग सोलोमन तथा मलिका बिल्कीश (तौरेत तथा कुरान के अनुसार)
17	एक इस्लामी सम्प्रदाय अहले हदीस का परिचय
18	अपना स्वास्थ्य (सेक्स संबंधी)
19	बाइबिल एक परिचय, क्या ओरिजिनल बाइबिल आज भी उपलब्ध है?
20	दुर्लभ चीजें जो मेरे पास मूल रूप में उपलब्ध है।
21	नास्तिक और बौद्ध धर्म (धम्म)

41	पवित्र कुरआन में इंसानियत?

अपना व्यक्तिगत परिचय

मेरा नाम अब्दुल वहीद है, मेरे पिता का नाम स्वर्गीय हाजी उबैदुर्रहमान है व माता का नाम जैबुन्निसा है। मैंने बचपन से ही वैज्ञानिक विचारधारा को पसंद किया है और शांत स्वभाव व पुस्तकों से लगाव रहा है। जिससे मेरी रोज जिज्ञासा रुचि निरंतर नए-नए खोजों की जानकारी में प्रयुक्त रहा है। मैं B.Sc करते समय पालीटेक्निक में सेलेक्शन हो गया था, लेकिन दुर्भाग्यवश अधूरा रह गया था क्योंकि पिता और भाई का सर्वगवास हो गया था ।

मेरे पिता जी की दो बातें जो, मेरे जीवन के लिए अत्यंत अनमोल है

प्रथम– इमानदारी से कमाओ झूठ का सहारा मत लो,

दूसरा– अन्न की इज्जत करो और जितना खाना हो उतना ही लो।

इसलिए घर की जिम्मेदारी, फिर बाद में विवाह हो जाने के कारण शिक्षा अधूरी रह गई । फिर भी हिम्मत नहीं हारा और आज आपके सामने मेरे विचारों के रूप में पुस्तक उपलब्ध है । मेरे लेख प्रसिद्ध पत्र-पत्रिकाओं में भी छप चुके हैं। यदि कोई जानकारी अधूरी रह गई हो तो कृपया जरुर अवगत कराये । धन्यवाद ।

पुस्तक पढ़ने के लिए, शुक्रिया,(धन्यवाद)

यदि पुस्तक में कोई त्रुटि या कमी लगे तो तत्काल अवगत करें।

कुरआन (करीम) एक पवित्र पुस्तक है जो कि अल्लाह (ईश्वर) का संदेश मानवता की भलाई के लिए अवतरित हुई है । यह वही कुरआन (Quran) है जब संसार की अथवा व की उत्पत्ति हुई थी लेकिन समयानुसार प्रत्येक नबी पर अवतरित होती रही । नबी ने बड़ी ईमानदारी से अल्लाह के आदेशानुसार अल्लाह के संदेश को मानव तक पहुंचाते रहे लेकिन मानव अपने स्वार्थ के अनुसार पवित्र पुस्तक में कांट छांट करते रहे परिणामस्वरूप इंसान को असली (अल्लाह के संदेश) नहीं मिल पाते तत्पश्चात अल्लाह भी अपने संदेश आने वाले नबियों को फरिश्ता (जिबाइल) के द्वारा बताते रहे इसके बावजूद भी अल्लाह की किताब (तौरेत , जबूर , इंजील और अन्य सहीफे) में परिवर्तन जारी रहा । तत्पश्चात आखरी बी मोहम्मद स॰ पर अंतिम पुस्तक कुरान शरीफ (जो कि प्रतय तक विद्यमान रहने वाली) को मानव की भलाई के लिए भेजना (अवतरित करना) पड़ा । यही एक मात्र पुस्तक शेष है जो अभी तक (अर्थात 1429 साल बाद) कोई भी कांट छांट करने का साहस न कर सका क्योंकि इस पवित्र पुस्तक की जिम्मेदारी खुद अल्लाह तआला (ईश्वर) ने ली है । कुरान (करीम) को परिचित कराने के लिए पुस्तकें हिन्दी में बहुत कम व अच्छी नहीं मिलेंगी इसलिए अल्लाह ताआला के फजलो करम से पुस्तक को लिखने का बीड़ा उठाया।

कृपया मुझसे संपर्क करें–
Abdul Waheed, Barabanki, Uttar Pradesh, INDIA